AF145754

Frankenberger

Weihnachtsgeschichten

Von
Tanja Schwarz und
Joachim Hesse

© 2015

Wenn die Tage dunkler und die Nächte kälter werden, ist die beste Zeit gekommen sich mit einem guten Buch aufs heimische Sofa zurückzuziehen.

In „Frankenberger Weihnachtsgeschichten" laden vierzehn Kurzgeschichten zum gemütlichen Lesen und Vorlesen in der Adventszeit ein.

Die beiden Autoren aus Frankenberg haben verschiedene Begebenheiten zu Papier gebracht, die rund um ihren Heimatort spielen.

Eine gute Mischung aus besinnlichen, autobiographischen und heiteren Erzählungen, natürlich darf auch ein Kriminalfall nicht fehlen.

Herstellung und Verlag:

BoD – Books on Demand, Norderstedt

ISBN 978-3-7386-4149-3

„Wie kommt ihr zwei denn dazu, ein Buch miteinander zu schreiben?", diese Frage wird sich mancher stellen, der uns beide kennt.

Wir haben zwar sechs Jahre gemeinsam gesessen, in der Burgwaldschule, aber das hatten wir uns nicht bewusst so ausgesucht.
Wir waren uns noch nicht einmal besonders unsympathisch, wir lagen einfach nur nicht auf derselben Wellenlänge.
Doch Menschen ändern sich mit der Zeit, werden reifer und weltoffener.
Gegenseitig verfolgten wir die Kreativität des anderen, ob es das Veröffentlichen von Büchern oder das Theaterspiel war.
Wenn wir uns auf Festen oder Feiern wieder trafen, zeigten wir gegenseitig ehrliches Interesse und unterhielten uns angeregt. So stellen wir mit dem Schreiben eine gemeinsame Leidenschaft fest.

Ende November 2014 sahen wir uns in der Ederberglandhalle wieder, dort wurde feierlich der Frankenberger Hör-Adventskalender vorgestellt. Wir hatten beide Geschichten eingereicht, die von Radiomoderatoren vertont wurden. Wir unterhielten uns angeregt, jeder bestaunte die Schreib-Projekte des anderen.
Anfang des Jahres trafen wir uns zufällig im Frankenberger Schwimmbad. Wir zogen unsere Bahnen, schwammen nebeneinander her und tauschten uns über den Abend in der Ederberglandhalle aus.

Es kam wie es kommen musste, ein Wort gab das andere und plötzlich stand die Idee im Raum gemeinsam ein Buch mit Frankenberger Weihnachtsgeschichten zu schreiben.

Einige der Geschichten sind autobiographisch, andere sind einfach unserer Phantasie entsprungen.

Wir wünschen viel Spaß beim Lesen und eine besinnliche Advents- und Weihnachtszeit!

Tanja Schwarz und Joachim Hesse

Der ganz besondere Adventskalender

von Tanja Schwarz

Jedes Jahr gegen Mitte November fange ich an mir Gedanken darüber zu machen, wem ich dieses Jahr eine Freude mit einem selbst gestalteten Adventskalender machen kann.

Meine Jungs sind mittlerweile „schon groß", da brauche ich keine Zeit und Mühe zu investieren, die finden es höchstens peinlich wenn ihre Mama selbstgebastelte Schneemänner oder Tannenbäume im Flur aufhängt... wenn das die Freunde sehen...

Mein Mann ist „wohlgenährt" genug, der braucht auch keine extra Portion Süßigkeiten jeden Tag und in der weitläufigen Familie haben alle die Wände voll Schokokalender oder wollen lieber den neuesten Hot-Wheels oder Playmobil-Adventskalender (voll unnützem Kleinkram, den die Welt nicht braucht...).

Ein grauer November ohne Adventskalender basteln geht aber gar nicht und so überlegte ich hin und her, was ich mit meinem Tatendrang anstellen soll.

Beim Grübeln fiel mir aus heiterem Himmel ein Buch ein, das mir eine Freundin geliehen hatte. In diesem Buch ging es um eine Frau die sich vornahm, jeden Tag im Jahr eine gute Tat zu tun und anderen Menschen eine Freude zu machen.

Langsam formte sich ein zuerst absurder Gedanke in meinem Kopf. Was wäre denn, wenn ich statt einem Menschen mit einem Kalender eine Freude zu machen, ganz vielen Menschen, genauer gesagt 24 davon, eine Freude machen würde?

Könnte ich es schaffen, genug Ideen zu haben und Chancen zu nutzen um jeden Tag einem Menschen im Dezember eine gute Tat zukommen zu lassen? Das Buch handelte zwar von einer Frau, die in einer Großstadt lebte, aber bestimmt war das auch in eine Kleinstadt wie Frankenberg übertragbar!

Nach zwei Tagen intensivem Nachdenken hatte ich mich entschieden: diese Jahr wird eine besonders herausfordernde Adventszeit, denn ich werde vom 1. bis zum 24. Dezember jeden Tag einen Menschen glücklich machen.

Natürlich durfte ich keinem Menschen von meinem besonderen Adventskalender erzählen, denn ich hatte den Verdacht, dass gerade meine Familie das schamlos ausnutzen würde um Mama auf Ideen für gute Taten zu bringen.

Voller Vorfreude fing ich an, mir Ideen für gute Taten aufzuschreiben und war schon ganz aufgeregt, ob auch alles so umsetzbar sein würde wie ich es mir vorstellte.

Selten war ich so gespannt auf den ersten Dezember wie in diesem Jahr, und gleich der erste Tag des „ganz besonderem Adventskalenders" war richtig erfolgreich. Ich überreichte meinen Kolleginnen an der Arbeit ein Tütchen mit frisch gebackenen Vanillekipferln, die Freude war groß und natürlich wurde gleich genascht...

So ging es Tag für Tag weiter, ich verschenkte selbst Gebasteltes, Gebackenes und Gestricktes, half wo ich konnte, sang und musizierte zur Freude anderer.

Aber ich muss doch sagen, dass ich um den 20. Dezember herum anfing, mir den 24. Dezember herbeizusehnen, und nicht nur, weil das der Heiligabend ist...!

Es wurde schon ganz schön anstrengend jeden Tag jemanden glücklich zu machen und immer mit offenen Augen für andere durch die Gegend zu laufen.

Dann kam der 24. Dezember, schon beim Aufwachen wurde mir bewusst, dass ich keine Idee mehr hatte wie ich jemandem eine Freude machen könnte.

Ich eilte, noch die letzten „Kleinigkeiten" besorgen, in die Frankenberger Fußgängerzone. Da bot sich eine Chance! Freundlich lächelnd hielt ich einer älteren Dame die Tür auf, doch ich bekam patzig zur Antwort: „Na vielen Dank, sehe ich schon so alt aus das man mir jetzt schon die Tür aufhält!" Beschämt schlich ich davon, ich hatte es doch nur gut gemeint...

Als ich der einzigen Nachbarin, der ich noch keine Plätzchen gebracht hatte freudestrahlend eine Tüte unter die Nase hielt, sagte diese doch tatsächlich: "Oh, bitte nicht, meine Keksdose platzt aus allen Nähten und mein Mann hat schon zwei Kilo zugenommen... tu mir den Gefallen, iss sie bitte selbst!"

Und so ging es weiter, egal welchen Einfall ich mir aus den Fingern saugte, alles ging einfach schief! Meine Freundin bekam Ausschlag von dem Tannengrün-Kranz, den ich ihr brachte und kein Mensch, den ich anrufen wollte, um wenigstens frohe Weihnachten zu wünschen, war Zuhause.

Gegen Spätnachmittag, als meine Frustration ihren Höhepunkt erreicht hatte, bemerkte ich, dass die Temperaturen sanken und es anfing glatt zu werden. Also holte ich den Sack Streusalz und streute vor unserem Haus. Da kam mir die glorreiche Idee doch noch die letzte gute Tat zu schaffen und vor dem Haus unserer Nachbarn zu streuen. Leider vergaß ich in meinem Eifer, dass sie wegen ihres Dackels mit den empfindlichen Pfoten nie Salz streuten.

Als sie aus dem Haus kamen und der Hund anfing zu jaulen, verschwand ich unauffällig hinter der nächsten Hecke...

Kurz vor dem Weihnachtsgottesdienst war meine Stimmung auf dem Tiefpunkt. Da konnte ich es nicht mal schaffen, 24 Tage lang zu nur einem Menschen pro Tag eine Freude zu machen? In Gedanken vertieft brachte ich den Müll raus zum Mülleimer und ließ mit einem lauten Krachen den Deckel zuknallen. Erschrocken zuckte ich zurück als eine Stimme neben mir sprach: „Na, meine Liebe, was ist denn mit Ihnen los! In den letzten Tagen sind sie stets freudestrahlend durch die Gegend gehuscht, und heute, am Heiligen Abend, gucken Sie noch finsterer als die Wolken da oben sind!"

Mein Nachbar, ein ganz lieber älterer Herr, der erst vor kurzem Witwer geworden war, stand neben mir an den Mülltonnen.

Ich gestand ihm, dass mir heute leider gar nicht weihnachtlich zumute sei. Ich erzählte ihm, dass mir heute einfach nichts gelingen wollte, und meine Laune auf dem Tiefpunkt sei. Er hörte eine ganze Weile zu und begann dann mich aufzumuntern. Er machte mir bewusst, wie gut ich es habe mit einem lieben Mann an der Seite, dass ich gesund und mit Kindern gesegnet war.

Als ich nach einigen Minuten merkte, dass mir immer kälter wurde, verabschiedete ich mich dankbar von ihm: „Ich danke Ihnen ganz herzlich für diese guten und wichtigen Worte! Sie haben mich jetzt wirklich aufgebaut und den Blick für die wichtigen Dinge im Leben wieder geöffnet!"

Daraufhin entgegnet mein Nachbar: „Nein, nicht <u>Sie</u> müssen sich bedanken, <u>ich</u> muss mich bedanken! So viele Leute, auch Sie und ihr Mann, kümmern sich um mich, und muntern mich seit dem Tod meiner Frau auf. Ich hatte das Gefühl, ich könnte nie etwas zurückgeben. Und jetzt haben Sie mir eine große Freude gemacht, in dem ich Sie auch einmal aufbauen und Ihnen etwas Gutes tun konnte! Schön, dass ich auch mal jemanden eine Freude gemacht habe, denn das hat mir selbst am aller meisten Freude gemacht!"

Er lächelte, ging ins Haus und ließ mich sprachlos zurück – der "ganz besondere Adventskalender" war vollendet! Heute, am 24. Dezember hatte ich meinem lieben alten Nachbarn eine Freude damit gemacht, dass er selbst einmal wieder Freude verbreiten konnte!

Fröstelnd, aber beschwingt ging ich zurück ins Haus. Mein ältester Sohn stand im Flur, und öffnete gerade die letzte Tür seines Fußball-Karten-Kalenders und schaute frustriert auf die Karte die er zum dritten Mal in den Händen hielt.

Er schaute mich an und sagte: "Mama, eigentlich könntest du doch nächstes Jahr im Dezember wieder einen Adventskalender für mich basteln... oder?"

Hawaii-Toast und Geschenke

von Joachim Hesse

1996 hielt sich Simons Clique gerne in der mittleren Eisdiele der Frankenberger Fußgängerzone auf. So auch an diesem Dezemberabend.

Carlos, Mario, Olli, Christine, Nadine und Nico saßen bereits bei Cappuccino und Milch-Shake. Mit den Worten „Guck mal Carlos, da kommt ja noch ein Freiwilliger" wurde Simon von Mario begrüßt.

„Was soll das denn bedeuten?", entgegnete der Neuankömmling perplex.

„Setz dich erstmal", ergriff Carlos das Wort und klärte ihn umgehend auf, wozu er Freiwillige suchte, wobei sich Simon schon in etwa denken konnte, um was es gehen würde.

Carlos arbeitete zu jener Zeit für eine lokale Zeitung und war mitverantwortlich für die wöchentliche Jugendseite. Diese umfasste die anstehenden Veranstaltungen des kommenden Wochenendes, Discoabende in Geismar oder Battenberg, Konzerte im Havanna und Treibhaus. Er berichtete über bekanntere Bands, die sich in die Gegend verirrt hatten oder befragte die einheimischen Jugendlichen zu aktuellen Themen.

So hatte es Simon vor einigen Monaten mit diesem denkwürdigen Satz in die Zeitung geschafft: „Mein Wochenende besteht aus Dönerbude, Havanna oder Treibhaus. Ich muss am Wochenende nicht in größere Städte fahren um Spaß zu haben". Aber selbst wenn er gewollt hätte, er war 17 und hatte noch kein Auto. Hatte er mit 18 auch noch nicht gleich, aber das ist eine andere Geschichte.

Nun stand eine neue Fußgängerzonen-Umfrage an. Die Frage an die Teenager der Ederstadt lautet dieses Mal „Was bedeutet Weihnachten für dich?".

Mario und Nadine wurden bereits von Carlos befragt, zwei Passanten von außen sollten noch dazukommen, einen Platz hatte er extra für Simon reserviert. Carlos wusste, dass dieser gerne seine Meinung äußerte und auch nichts gegen ein Foto von sich in der Zeitung einzuwenden hätte.

„Simon, was bedeutet Weihnachten für dich?"

„Na ja, is doch ganz klar: Ein paar Tage frei, dann freue ich mich immer das halbe Jahr auf den Hawaii-Toast meiner Mutter. Am 24. wird natürlich erstmal ganz langsam in den Tag gestartet, wegen des traditionellen Konzerts im Havanna am Vorabend. Ja… und ein paar Geschenke gibt's natürlich auch."

„Gut, das reicht schon. Werden wieder nur so ein paar Zeilen unter 'nem Foto. Dann stell dich mal kurz rüber vor die weiße Wand, damit ich noch ein Bild von dir schießen kann – Nadine und Mario hab ich schon im Kasten".

Nachts war Simon noch nicht „fertig" mit der Umfrage, sie beschäftige ihn und hinderte ihn am Einschlafen. Was würden seine Eltern sagen, wenn sie ihn mit seiner Meinung zu Weihnachten in der Zeitung entdeckten. Das Thema war schließlich etwas kniffliger als die Wochenend-Umfrage vom Frühjahr.

Am übernächsten Morgen begrüßte ihn seine Mutter mit den Worten „So so, du freust dich also das ganze Jahr auf meinen Hawaii-Toast, schönes Foto übrigens".

„Äh, ja...", war seine Reaktion als es ihm dämmerte. Die Zeitung lag aufgeschlagen auf dem Küchentisch. Rechts oben in der Ecke war er abgebildet unter dem Foto stand „Simon, 17. Weihnachten bedeutet für mich ausschlafen, ein paar Tage frei haben, Geschenke und wie immer freue ich mich das ganze Jahr über auf den leckeren Hawaii-Toast meiner Mutter". Fertig. Ja, ging doch, mit Text und Bild konnte er gut leben.

Drei weitere Tage später hatte er schon fast vergessen, dass er sich in der Zeitung zum Thema Weihnachten geäußert hatte.

Samstags wurde das „Wort zum Sonntag", abwechselnd von einem der lokalen Pfarrer oder Priester geschrieben. Pfarrer Hohlbruck eröffnet mit der Überschrift „Hawaii-Toast und ausschlafen" – ihm schwante Böses.

„Lies dir das mal durch, du wirst noch richtig berühmt mit deinen Umfragen". Pfft, als ob das „meine Umfragen" sind, dachte er sich.

Was Hohlbruck inhaltlich zum Ausdruck bringen wollte war klar: „Wie können wir die Jugend da abholen wo sie steht, damit sie sich wieder auf das besinnt, worum es an Weihnachten, dem Fest der Liebe geht." Doch dies musste man schon zwischen den Zeilen lesen wollen. Emotionsgeladen hatte sich Hohlbruck bei seinen Ausführungen sehr deutlich im Ton vergriffen.

„Okay, jetzt hat dein letztes Stündlein geschlagen", vermutete Simon. „Mama wird sich auf die Seite des Pfarrers schlagen." Dass die Umfrage solche Reaktionen hervor rufen würde, hätte er sich nicht träumen lassen. Aber warum nicht, wenn die Meinung eines 17-Jährigen zum Diskutieren anregt…

„Sei froh, dass wir dein Weihnachtsgeschenk schon gekauft haben", waren die ersten Worte seiner Mutter, nachdem er den Artikel zu Ende gelesen hatte.

„Toast, Wurst und Käse auch, hab ich gesehen!", packte Simon die sich anbahnende lockere Stimmung beim Schopf.

„Sei froh, dass dein Vater eher in den Sportteil guckt, als sich mit dem Wort zum Sonntag zu beschäftigen. Was machen wir denn jetzt? Ich ruf diesen Hohlbruck mal an. Der kann ja denken was er will, wenn du an Weihnachten ausschlafen willst und gerne Hawaii-Toast isst. Vielleicht kriegt er seit zwanzig Jahren Kartoffelsalat mit Bockwurst vorgesetzt. Außerdem hast du nur gesagt was viele denken. Er muss jedenfalls nicht in diesem Ton persönlich werden. Ein Anruf hätte es auch getan, das sage ich ihm genau so!"

Sie brachte ihn tatsächlich dazu, sich am Telefon bei Simon zu entschuldigen, er habe in der ersten Emotion überreagiert. Zum Schluss wünschte er ihm sogar „Gesegnete Weihnachtstage, wie auch immer Sie sie am liebsten verbringen".

Weihnachtsflohmarkt

von Tanja Schwarz

Das Telefon klingelte als ich gerade zur Tür hereinkam, und wie immer musste ich es erst einmal suchen, bis ich mich atemlos meldete.

„Hallo Anna", kam die Antwort, „hier ist Tante Emmi, ist es wahr das Oma Greta am Wochenende ins betreute Wohnen zieht?"

„Ja Emmi", antwortete ich, „ du weißt ja selbst, dass es für Oma Greta mit ihrem stolzen Alter von 91 Jahren immer schwerer wird alleine zu leben. Sie hat sich ausdrücklich gewünscht ins Seniorenheim zu ziehen, sie hat dort ein ganz tolles helles Zimmer! Am Wochenende räumen wir das Häuschen aus, ein paar Möbel möchte sie auch mit in ihr neues Zimmer nehmen."

„Hui, da kommt bestimmt viel Arbeit auf euch zu, ich will sehen, dass ich am Samstagnachmittag dazu stoße, da gibt es bestimmt auch ein paar Schätze zu entdecken…", freute sich meine Tante.

„Klar, kannst du gerne machen, wir sehen uns dann Samstag, Tschüss!", beendete ich das Gespräch.

Da würde tatsächlich einiges an Arbeit auf uns zukommen, aber es war wirklich gut, dass Oma Greta sich für das Seniorenheim entschieden hatte.

Am Samstag traf sich um Punkt neun die ganze Familie samt Anhang und Kinder am Häuschen im Finkenweg und wir hatten alle Hände voll zu tun. Die Möbel wurden gut verteilt, jedem gefiel ein Stück, das er gerne mitnehmen wollte. Schwierig wurde es, die unzählbare Schar an Kleinkram und Geschirr unterzubringen.

Ich kroch auf dem Dachboden herum, schob Staub und Spinnenweben zur Seite, und sichtete die unzählbaren Kartons, Koffer und Kisten. Tante Emmi, die wie versprochen auch aufgetaucht war, wühlte mit mir durch das staubige Chaos.

„Oh je, warum müssen Dachböden nur immer so aussehen, ich fürchte bei uns Zuhause ist es auch nicht besser! Aber ich muss dir sagen liebe Anna, meine Abenteuerlust ist geweckt, ich möchte so gerne etwas Wertvolles oder Interessantes finden, das wäre doch toll!"

„Da mache ich dir nicht viel Hoffnung Tante Emmi", sagte ich. „Ich glaube, ich habe eben schon den fünften Karton mit Weihnachtsdekoration aufgemacht! Da sind zwar echt schöne und nostalgische Dinge dabei, aber Schätze sind das eher nicht!"

Neugierig schaute mir Tante Emmi über die Schulter, und wir kramten zusammen in den Kartons.

„Was machen wir nur mit all den Sachen", überlegte meine Tante, „die können wir doch nicht alle wegwerfen! Aber Weihnachtsdekoration haben wir doch wirklich alle genug... Schau dir mal diesen kitschigen Christbaumschmuck an, der ist furchtbar, aber bestimmt auch echt alt... bestimmt findet sich auf irgendeinem Flohmarkt ein Liebhaber dafür!"

„Das mit dem Flohmarkt ist keine schlechte Idee", dachte ich bei mir, „schade nur, dass jetzt im Oktober die Flohmarkt Saison so gut wie vorbei ist".

Nach einem arbeitsreichen Wochenende mit vollem Einsatz der ganzen Großfamilie war das Häuschen geräumt, und Oma Greta saß fröhlich in ihrem Zimmer im betreuten Wohnen. Sie war sehr glücklich darüber, dass ihre geliebten Möbel alle bei ihrer Familie untergekommen waren. Nur eines machte ihr Sorgen:

"Annakindchen", sagte sie zu mir, „du sorgst doch dafür, dass nichts weggeworfen wird, nicht wahr? Du weißt doch, dass ich zwar nicht mehr sehr an den Sachen hänge, aber ich möchte nicht, dass etwas weggeworfen wird! Es gibt so viele Menschen, die sich bestimmt darüber freuen würden... Es muss ja nicht geschenkt sein... Du gehst doch so gerne auf Flohmärkte, kannst du die Sachen nicht auf dem Flohmarkt verkaufen?"

„Darüber habe ich auch schon nachgedacht Omi", überlegte ich laut, „ aber um die Jahreszeit ist es mit Flohmärkten echt schwierig."

„Es müsste so etwas wie einen Weihnachtsflohmarkt geben", sagte meine Oma, „weißt du, das wäre bestimmt toll! Jeder sieht sich doch an seinem eigenen Weihnachtszeug mal leid. Dann könnte man das verkaufen was einem nicht mehr gefällt, und günstig neue Dekoration für das Fest der Liebe kaufen! Annakindchen, ist das nicht eine tolle Idee?"

Die Idee von Oma war wirklich nicht schlecht und sie spukte mir tagelang im Kopf herum. So etwas wie einen Weihnachtflohmarkt hatte es in Frankenberg noch nie gegeben, die Idee war echt gut! Allein ich als junge Frau habe vier große Kartons mit weihnachtlichem Inhalt auf dem Dachboden, an der Hälfte davon habe ich mich schon satt gesehen und packe es nicht mehr aus. Ob ich es in Angriff nehmen könnte, so einen Weihnachtsflohmarkt ins Leben zu rufen?

Am nächsten Wochenende traf ich mich mit meiner Freundin Lena zum herbstlichen Hundespaziergang. Wir gingen durch den schon bunt gefärbten Wald, und unsere Hunde tollten ausgelassen um die Wette. Wir erzählten uns was wir die letzten zwei Wochen so erlebt hatten und so berichtete ich auch über den Umzug und die Haushaltsauflösung von meiner Oma Greta.

„Du bist doch auch so ein Flohmarkt-Liebhaber", sagte ich zu Lena, „könntest du dir vorstellen, dass so etwas wie ein „Weihnachtsflohmarkt" funktionieren könnte?"

Lena sagte eine Weile nichts, schaute nachdenklich und antwortete dann: „Eigentlich ist das gar keine schlechte Idee! Und so schwer kann es doch nicht sein, selbst einen Flohmarkt zu organisieren! Das schwierigste wird wahrscheinlich sein, eine geeignete Halle zu finden. Unter freiem Himmel ist das ja im November eher schlecht… Ich mache mir auch mal Gedanken, ich organisiere das gerne mit dir zusammen wenn du magst!"

„Echt, das würdest du machen?", fragte ich freudestrahlend, „das wäre ja großartig!"

So steckten wir zwei die Köpfe zusammen und nutzten den Spaziergang durch den Wald, um einen Plan zu entwerfen.

In den nächsten Tagen drehte sich alles nur noch um den Flohmarkt. Ein Termin war ausgesucht, die Genehmigung war eingeholt und sogar ein toller Ort für unseren Weihnachtsflohmarkt war gefunden. Der Arbeitskollege von Lena war der Besitzer des alten, schon seit Jahren leer stehenden Rewe-Marktes im Stadtkern von Frankenberg. Er bot uns gerne an, den Markt für unseren Flohmarkt gegen einen kleinen Unkostenbeitrag zu nutzen. Es gab eine Heizung und Lampen hingen auch noch an den Decken. Lena und ich druckten Flyer und Plakate um fleißig Werbung zu machen.

Anfang November hatte ich per E-Mail schon 30 Anmeldungen für einen Stand auf unserem Weihnachtsflohmarkt. So hatte sich meine anfängliche Angst, dass sich keiner für einen Stand anmeldet, schnell verflüchtigt. Anscheinend gab es wirklich genug Menschen, die froh waren etwas von ihrem weihnachtlichen Dekorationsüberschuss los werden zu können.

Endlich war es soweit, es war der 18. November und mich trennte nur noch ein Tag von unserem Weihnachtsflohmarkt. Ich saß im Wohnzimmer, sortierte und packte die letzten Kartons mit den Dingen, die ich morgen verkaufen wollte. Dabei fiel mir eine bestickte Tischdecke in die Hände. Auf der kleinen viereckigen Decke war mit wunderschöner und geübter Stickerei ein großer geschmückter Weihnachtsbaum zu sehen. Unter dem Weihnachtsbaum stand eine Babywiege, auf dieser Wiege war mit rotem Stickgarn „22. Dezember 1942" eingestickt.
Ich hielt die Decke in der Hand, schaute darauf und überlegte. Wer aus unserer Familie war denn am 22. Dezember 42 geboren? Nach kurzem Nachrechnen überlegte ich, wer jetzt 72 Jahre alt war, und kurz vor Weihnachten Geburtstag hatte. Ich ging sämtliche Verwandte durch, aber auf keinen schien dieses Geburtsdatum zu passen. Warum hatte meine Oma dann diese schöne Decke in Besitz? Hatte sie diese vielleicht damals für jemanden gestickt und niemals verschenkt? Ich beschloss, Oma danach zu fragen und legte die Tischdecke zu Seite.

In dieser Nacht schlief ich sehr unruhig, ich träumte dass alle Verkäufer nur Ostersachen auf ihren Verkaufstischen ausbreiteten. Sie sahen mich an und sagten: „Wie, Weihnachten, das ist doch ein Basar für Osterdekoration..."
Die wenigen Flohmarkt-Besucher, die da waren, schüttelten enttäuscht die Köpfe und gingen sofort wieder... Ich war also froh, als die Nacht herum war und versuchte den merkwürdigen Alptraum schnell wieder zu vergessen. Voller Tatendrang packte ich die Kisten ins Auto, bis auf

die letzte Ritze war alles vollgestopft mit weihnachtlichem Flohmarkt-Zubehör. Beim Fahren klingelten die nostalgischen Weihnachtsglocken in jeder Kurve. Ich musste Lachen und fühlte mich ein bisschen so, als würde ich den Schlitten vom Weihnachtsmann fahren…

Als ich um Punkt halb neun vor dem Rewe-Gebäude ankam, erwartete mich schon meine Freundin Lena. Sie schloss auf, und wir gingen hinein. Es war, Gott sei Dank, schon angenehm warm, ich hatte doch Bedenken gehabt, ob das mit der Heizung wirklich noch funktionieren würde. Kaum hatten wir angefangen unseren Stand aufzubauen, kamen auch schon die ersten Aussteller, eine bunte Mischung von Menschen wollte hier ihren überflüssigen Kram zum Verkauf anbieten.
Oh Wunder, alle die sich zum Verkaufen angemeldet hatten erschienen auch wirklich, so war das Gebäude gut gefüllt. Ich ging herum und sammelte die Standgebühr ein. Das Geld, das nach Deckung der Unkosten übrig bleiben würde, wollten wir für einen guten Zweck spenden. Als ich um kurz vor zehn wieder an unserem Stand ankam, hatte Lena schon alles schön aufgebaut: mehr oder weniger übersichtlich drängte sich die Weihachtdekoration auf unserem Tisch.

Um Punkt zehn Uhr schloss ich die Tür auf, ich war überrascht, dass schon so viele Leute vor der Tür standen, ich hatte gar nicht erwartet, dass gleich um zehn schon so viele Menschen kommen würden.
Etliche Bekannte die an unserem Stand vorbeikamen, bestätigten wie toll sie die Idee eines Weihnachtsflohmarktes fänden.
Ich war ganz in meinem Element, feilschte um Preise und weckte bei den Käufern auch für das kitschigste Ding Inte-

resse. Gegen Mittag wurde es etwas ruhiger, der größte Andrang war vorbei. Unser Stand war bestimmt zur Hälfte leer gekauft, ich freute mich über den Erfolg.

„Wow, das hätte ich nicht gedacht", sagte Lena, „echt der Wahnsinn, für welchen Kitsch manche Leute Geld ausgeben!"

„Na komm, Lena", antwortete ich, „es sind ja auch echt schöne Dinge dabei, die auch nostalgischen Wert haben!"

„Das ist sehr wahr", sagte plötzlich eine freundlich aussehende ältere Dame, die vor unserem Stand stehen geblieben war, „viele von diesen Dinge sind von echtem Wert und das meine ich nicht im materiellen Sinne! Diese handbemalten Christbaumkugeln zum Beispiel, so etwas findet man doch heute kaum noch! Alles made in China und so lange halten die dann auch…"

Wir unterhielten uns eine Weile angeregt über dieses Thema. Sie schaute dabei beiläufig den Stapel mit den unzähligen Tischdecken durch. Plötzlich hielt sie im Reden inne, und betrachtete intensiv eine Tischdecke die sie in den Händen hielt.

„Das ist ja merkwürdig", murmelte sie, und strich über die Decke. Ich war nun neugierig geworden, und fragte vorsichtig:

"Was ist so interessant an dieser Decke?" Sie hielt sie hoch, so dass ich sie von vorne sehen konnte. „22. Dezember 1942, das ist mein Geburtsdatum!"

Sie hielt die schöne, bestickte Tischdecke hoch, die mir Zuhause in die Hände gefallen war und die ich eigentlich schon aussortieren wollte. Im Chaos zwischen den Kartons und deren Inhalt war sie wohl aus Versehen doch mit in den Flohmarktkarton gewandert.

„Wer hat diese Decke bestickt, und wem gehört sie?", fragte sie mich.

„Diese Tischdecke war bei den Sachen meiner Oma", antworte ich, „ich habe keine Ahnung was das für ein Geburtsdatum ist, bei uns der Familie hat keiner an diesem Tag Geburtstag. Wenn ich ehrlich bin, wollte ich die Tischdecke genau aus diesem Grund gar nicht mit hierher nehmen, durch einen Zufall ist sie wohl doch im Karton gelandet. Na ja, aber wenn Sie an diesem Datum geboren sind, kann ich ihnen die Tischdecke doch guten Gewissens verkaufen."

„Das ist sehr freundlich, vielen Dank", sagte die ältere Dame, „ich habe das Gefühl, dass ich irgendetwas mit der Tischdecke zu tun habe... aber vielleicht ist das ja auch Einbildung..."

Wir einigten uns auf einen guten Preis für die Decke und die anderen Dinge, die sie ausgesucht hatte. Als sie mit einem Lächeln unseren Stand verließ, sagte Lena zu mir: „Das ist ja schon ein komischer Zufall, dass ihr Geburtsdatum auf dieser Tischdecke eingestickt war... Ich habe ja direkt Gänsehaut bekommen!"

„Das war wirklich komisch", antwortete ich, „ich muss Oma fragen wo diese Tischdecke herkommt. Hoffentlich ist sie nicht sauer, dass ich sie verkauft habe!"

Gegen zwei Uhr nahm der Andrang wieder zu. Lena und ich hatten alle Hände voll zu tun. Fragen beantworten, Zerbrechliches für den Transport in Papier verpacken, Preise verhandeln. So waren wir froh als sich das Ende des Flohmarktes näherte. Wir warteten noch ab, bis die letzten Flohmarktbesucher ihre Runde gemacht hatten und begannen die ersten Dinge einzupacken. Es war viel verkauft worden, auch die anderen Stände hatten guten Umsatz gemacht.

Als ich gerade einige Kisten unter unserem Tisch hervorzog und mich wieder aufrichtete, stand plötzlich die ältere

Dame vor mir, die die bestickte Tischdecke gekauft hatte. Neben ihr eine noch ältere Frau, der Ähnlichkeit nach zu beurteilen schienen die beiden Mutter und Tochter zu sein. Fragend schaute ich beide an, als die alte Frau zu sprechen begann. Mit einer erstaunlich festen und klaren Stimme fragte sie:

„Entschuldigung, junge Dame. Können Sie mir vielleicht irgendetwas über die Besitzerin dieser Tischdecke erzählen? Woher haben sie diese Decke?"

„Diese schöne Tischdecke war in einer Kiste auf dem Dachboden meiner Oma Greta, leider kann ich ihnen nicht mehr darüber sagen…", antwortete ich.

„Greta", murmelte die alte Frau ungläubig, „Greta Baumann?"

„So hieß meine Oma mit Mädchennamen", erwiderte ich, „aber warum wollen sie das wissen, kennen sie meine Oma etwa?"

„Das heißt, sie lebt noch?", fragte die alte Frau nun mit feuchten Augen. „Mama, vielleicht sollten wir der jungen Frau die Geschichte erzählen, sie versteht ja gar nicht was hier passiert", griff nun die Tochter ein.

„Ja, das wird wohl das Beste sein", nickte die alte Frau.

„Erstaunlich, Sie sehen ihrer Oma wirklich sehr ähnlich meine Liebe. Ich habe mich noch gar nicht vorgestellt, mein Name ist Josephine Wagner. Während des zweiten Weltkrieges war ich mit meiner Mutter bei den Eltern ihrer Oma untergekommen. Unser Haus in Kassel war völlig zerstört, mein Vater und mein Mann an der Front. Meine Mutter und die Mutter ihrer Oma waren dicke Freundinnen, so war es für sie selbstverständlich, dass wir zwei bei ihnen in der Altstadt in Kassel unterkommen durften. Das war im Frühjahr 42, ich war damals 18 Jahre alt, Greta war 15 Jahre alt. Trotz unseres Altersunterschiedes wurden wir dicke Freundinnen, Greta war für ihre 15 Jahre schon sehr reif. Wir konnten viel miteinander reden und Lachen. Im April bemerkte ich dann, dass ich schwanger war. Zuerst war ich sehr erschrocken, hatten mein Mann und ich doch erst kurz zuvor schnell geheiratet, als die Nachricht kam, dass auch er an die Front musste. Ein Baby, mitten im Krieg, kein Geld, kaum etwas zu essen und anzuziehen. Wie sollte das werden... Aber der Gedanke tröstete mich, dass ich wenigstens ein Kind von meinen geliebten Mann haben würde, falls er nicht mehr aus dem Krieg heim kommen würde. Greta war die einzige die sich wirklich mit mir über das kleine Leben in mir freute, gerade meine Mutter war alles andere als begeistert über die Schwangerschaft in dieser Situation.

In den letzten Wochen der Schwangerschaft zog sich Greta abends immer mehr zurück, sie sagte mit einem Lächeln, dass sie wichtige Dinge vorzubereiten habe. Am Abend des 22. Dezember kam dann meine kleine Marie zur Welt, es war eine Hausgeburt und sie machte es mir sehr leicht Mutter zu werden. Die Geburt ging schnell und ohne Komplikationen, war Marie doch sehr leicht und zart. Zwei Tage später feierten wir Heiligabend zusammen, es war ein sehr trauriges Fest, wir alle froren, hatten Hunger und dachten an unsere geliebten Männer an der Front. Der einzige Lichtblick war meine kleine Marie, ein Bündel neues Leben mitten in Tod und Zerstörung..."

Josephine hielt kurz inne, um sich eine Träne abzuwischen, auch wir anderen hatten feuchte Augen. Als sie sich wieder gefasst hatte erzählte sie weiter:

„Als Greta mir ihr Weihnachtsgeschenk überreichte, konnte ich es kaum fassen. In vielen mühevollen Stunden hatte sie diese Tischdecke mit dem Weihnachtsbaum und der Wiege davor mit dem Geburtsdatum von Marie bestickt. Ich kann mir bis heute nicht vorstellen, wo sie im Krieg das viele Stickgarn aufgetrieben hat...

Wir überlebten irgendwie mehr schlecht als recht diesen Winter, Marie war immer noch sehr zart und klein. Greta kümmerte sich liebevoll um sie, Marie war unser Hoffnungsschimmer in dieser schweren Zeit. Dann kam der Tag, an dem sich alles veränderte. Es war am 22. Oktober 43, Marie war mittlerweile ein dreiviertel Jahr alt. Wir zwei waren mit meiner Mutter in Kassel unterwegs um etwas zu Essen aufzutreiben. Plötzlich gab es Fliegeralarm, und wir liefen angsterfüllt in den nächsten Luftschutzbunker, Gott sei Dank war er nicht weit. Es war ein furchtbarer Tag, so viele Bomben fielen, und so viele Menschen sind gestorben. Es sollen etwa 7000 Menschen an diesem Tag in Kassel gestorben sein. Aber Gott hat auf uns aufgepasst, und wir haben alle drei überlebt.

Als wir am nächsten Tag zurück zu Greta und ihrer Familie gehen wollten, gab es kein Durchkommen mehr, alles war zerstört. Meine Mutter hatte ihre Beziehungen spielen lassen, noch in der nächsten Stunde verließen wir Kassel im Auto eines hochrangigen Offiziers und kamen erstmal bei entfernten Verwandten auf dem Land unter.

Ich konnte nie in Erfahrung bringen, was aus Greta und ihrer Familie geworden ist, bis ich eben diese Tischdecke in den Händen hielt…"

So schloss sie ihre Erzählung, und wir alle mussten uns erstmal sammeln, ich hatte Mühe mich wieder auf dem Boden der Realität einzufinden.

„Liebe Josephine", sagte ich gerührt, „ich denke dann wird es Zeit, dass Sie meine Oma Greta endlich wieder sehen, sie haben sich doch bestimmt viel zu erzählen. Wenn Sie möchten, bringe ich sie sofort zu ihr."

„Meinen Sie, das würde gehen?" fragte Josephine vorsichtig, „ich hoffe ich überfalle sie damit nicht…"

Ich sprach mit Lena ab, dass sie die restlichen Aufgaben auf unserem Flohmarkt kurze Zeit alleine in die Hand nahm. So fuhr ich mit Josephine, ihrer Tochter Marie und natürlich der Weihnachtstischdecke zum Seniorenheim meiner Oma. Meine Oma saß gerade in ihrem Zimmer und hörte lautstark ihre Lieblingssendung im Radio auf HR 2. Als ich hineinkam, freute sie sich sehr mich zu sehen, irritiert schaute sie auf die zwei ihr fremden Frauen. Josephine ging langsam auf sie zu, und setzte sich ohne ein Wort zu sagen zu ihr, und schaute sie nur an.

„Entschuldigung, kennen wir uns?", fragte meine Oma unsicher. Ohne ein Wort zu sagen hielt ihr Josephine mit Tränen in den Augen die Tischdecke hin, und sagte leise: „Du bist es wirklich… alt bist du geworden, das muss ich schon sagen…" Sie lachte unter Tränen und auch meine Oma, die jetzt verstanden hatte wer vor ihr saß begann zu weinen. Mit tränenblinden Augen flüsterte ich Marie zu: „Ich glaube, ich gehe jetzt erstmal, ich kann Lena nicht mit allem alleine lassen. In gut einer Stunde bin ich zurück, ich denke, dass Ihnen nicht langweilig werden wird!"

Marie nickte zustimmend. Ich verließ das Zimmer. Ich musste mich sehr zusammenreißen um mit vollem Verstand die letzten Dinge auf dem Weihnachtsflohmarkt einzupacken, noch mit Verkäufern ein Schwätzchen zu halten und aufzuräumen.

Endlich war es geschafft, Lena und ich schlossen das Gebäude wieder ab und räumten die übrigen Kartons ins Auto. Lena sagte:

„Meine Güte, was für eine unglaubliche Geschichte mit deiner Oma und dieser Josephine. Überleg mal, dann haben sich die beiden siebzig Jahre nicht gesehen, und finden sich hier in Frankenberg wieder. Das ist schon eine irre Geschichte, das ist echt druckreif. Du solltest die beiden fragen, ob sie mit der Geschichte zur Zeitung gehen wollen… Und natürlich muss dort auch unser Weihnachtsflohmarkt erwähnt werden, der ja überhaupt für das Happy End verantwortlich ist!"

„Du hast recht", antwortete ich „aber darüber denke ich morgen nach. Und einen Weihnachtsflohmarkt wird es im nächsten November bestimmt wieder geben, ich bin mal gespannt, was sich dann dort für rührende Begegnungen ereignen…

Die Schnuller kriegt der Nikolaus

von Joachim Hesse

Seit vier Jahren arbeitete Christian nun bei einer Unternehmensberatung in Offenbach. Um nicht täglich von Frankenberg aus pendeln zu müssen hatte er sich eine kleine Wohnung genommen. Häufig sitzt er bis spät abends im Büro, so auch an diesem 5. Dezember, als er mit seiner Frau Johanna telefoniert.

„Schaffst du es morgen wirklich nicht um sechs hier zu sein und den Freitag frei zu machen? Die Kleine würde sich bestimmt freuen, wenn du mit zur Nikolausfeier in den Kindergarten kommen könntest. Lea hat mit ihrer Gruppe sogar ein kurzes Theaterstück vorbereitet, sie ist ganz stolz. Ich geb sie dir mal."

In diesem Moment hasste er seinen Job. Nicht zum ersten Mal fragte er sich, ob es das alles wirklich wert war. Er vermisste seine Frau und die dreijährige Tochter wenn er abends noch im Büro oder seiner Zwei-Zimmer-Bude saß. Die täglichen Telefonate waren einfach kein Ersatz.

„Hallo Papi!"

„Hallo Lea!"

„Morgen kommt der Nikolaus in den Kindergarten. Kommst du auch?"

Schweren Herzens versuchte er der Kleinen zu erklären, dass er es nicht rechtzeitig nach der Arbeit schaffen würde, wohl wissend sie damit zu enttäuschen.

In ihrer unnachahmlich niedlichen Art sagte sie „Okay", als er ihr erklärt hatte, warum er nicht dabei sein könnte.

„Viel Spaß morgen. Schlaf gut, Süße. Gibst du mir die Mama noch mal?"

Johanna übernahm das Telefon.

„Sie war nicht so begeistert, aber ich glaub sie hat's verstanden und geschluckt", berichtete er. „Was wird denn morgen mit den Schnullern? Damit wollte ich jetzt nicht auch noch anfangen." Ursprünglich war geplant, dass Lea an ihrem dritten Geburtstag die verbliebenen Exemplare feierlich zerschneidet. Schere und Schnuller lagen damals im Mai bereit, doch schlagfertig hatte seine Tochter „Die kriegt der Nikolaus!" gesagt und somit eine Fristverlängerung von sieben Monaten erreicht.

„Ach, ich glaube die Aussichten sind ganz gut. Vorhin hat sie noch gesagt *die Nele hat jetzt auch keine Schnuller mehr, dann kann der Nikolaus meine ruhig haben* – ich bin mal gespannt. Lassen wir uns mal überraschen. Meldest du dich wieder um acht?"

„Klar, mache ich. Bis morgen."

Pünktlich, abends um acht Uhr, rief Christian am nächsten Tag zu Hause an.

„Na, was macht unser Schnullermädchen?"

„Es hat sich ausgeschnullert! Ich hab sie eben schon ins Bett gebracht, Lea war ganz schön hinüber."

„Das glaube ich, nach der ganzen Aufregung rund um das Theaterstück. Aber erzähl erstmal wie das mit den Schnullern abgelaufen ist."

„Also… der Nikolaus hat sich das Theaterstück schon angeguckt. Der alte Cramer vom Aussiedlerhof wollte schließlich seine Enkelin in Aktion erleben. Im Anschluss hat er die Kinder namentlich aufgerufen und zu sich gebeten. Lea war als Letzte an der Reihe. Klar, nach Wege kommt ja niemand mehr im Alphabet. Sie ist brav nach vorne zum Nikolaus gegangen…"

„Wie fast immer mit einem Schnuller im Mund, einem in der rechten und einem in der linken Hand", wurde Johanna von Christian unterbrochen.

„Richtig! Und was macht sie? Nimmt den Schnuller aus dem Mund, sagt zum Cramer *die ollen Dinger kannst du jetzt haben,* schnappt sich das Geschenk aus seiner Hand und hinterlässt einen verdutzten Nikolaus".

„Klasse, großes Mädchen!"

Bäckerei zur Weihnachtszeit

von Tanja Schwarz

Ich habe mich schon als Kind sehr für „Geschichten von früher" interessiert, gerade Erzählungen meiner eigenen Familie habe ich immer mit Spannung verfolgt.

Wenn ich an meine Großeltern denke, spielt ihre Bäckerei dabei eine große Rolle.

Drei Wochen nachdem sie geheiratet hatten, eröffneten meine Großeltern Alfred und Kunigunde am 23. April 1946 ihre erste Bäckerei in Ersthausen. Mein Großvater zog damals in den Anfängen mit dem Handkarren durch das Dorf, um seine Brote zu verkaufen. Kurze Zeit später wurde der Handwagen von einer Pferdekutsche abgelöst. 1948 wurde stolz der Opel P4, umgebaut zum Lieferwagen, in Betrieb genommen.

1953 zogen meine Großeltern dann mit ihren beiden Söhnen nach Rennertehausen, um dort die Bäckerei Peil in der Hauptstraße weiterzuführen. Auch dort wurde das Brot und Gebäck ausgeliefert, aber seit 1950 half dabei der oft verlachte aber heißgeliebte Tempo Hanseat auf drei Rädern. 1954 löste den Tempo ein VW Bus ab, aus dessen Seitentür das Backwerk verkauft wurde. Ein weiterer Sohn und zwei Töchter wurden geboren und machten die Familie komplett.

Als 1967 die Bäckerei mit Café Utzelmann in Frankenberg geschlossen wurde, ergriffen meine Großeltern die Gelegenheit, das Haus mit dem dazugehörigen Laden zu kaufen. So wurde die Bäckerei Peil im Mai in Frankenberg in der Friedrich-Riesch-Straße eröffnet. Nach zwölf Jahren arbeitsreicher Zeit gaben meine Großeltern die Bäckerei wegen Krankheit auf. Es gab niemanden aus der Familie, der den Familienbetrieb weiterführen konnte. So habe ich leider keine Erinnerungen mehr an die Bäckerei, denn als sie im Juli 1979 geschlossen wurde, war ich gerade ein dreiviertel Jahr alt.

Mein Onkel, der älteste Sohn meiner Großeltern, hat einige Erinnerungen mit mir geteilt. Eine lustige Erinnerung, und eine Erinnerung, die ihn sehr melancholisch stimmte, möchte ich gerne wiedergeben.

Die Badehose

Es war im Dezember 63, mitten in der Adventszeit. Siegfried, der älteste Sohn der Familie Peil, hatte als Bäckerlehrling bei seinem Vater angefangen. An einem Montagnachmittag kam Hans, ein anderer Geselle in die Backstube.

„Mensch Siegfried", begann er, „das war vielleicht toll! Ich war in der Mittagspause in der neuen Sauna. Das war echt sehr wohltuend nach der ganzen Plackerei hier in der Backstube, jetzt geht's mir richtig gut. Ich glaube, ich geh heute Abend mit meinem Mädel noch mal hin."

„Schön, das freut mich für dich", antwortete Siegfried, „vielleicht gehe ich nach meinem Feierabend auch mal hin."

Ratlos schaute Hans auf das Handtuch und die nasse Badehose in seiner Hand.

„Trockene Handtücher habe ich noch, aber was mache ich mit der nassen Badehose? Wäre schon gut, wenn ich die irgendwie bis heute Abend trocken kriegen könnte…"

Er schaute sich um, und plötzlich blitzten seine Augen.

„Du, Siegfried, der große Ofen ist doch für heute fertig mit Backen und kühlt gerade ab. Ich lege meine Badehose einfach hier auf den Brotschieber und schiebe sie in den Ofen. In einer halben Stunde ist sie bestimmt trocken!"

„Das würde ich an deiner Stelle lieber lassen", antwortete Siegfried, „du weißt wie gründlich und ordentlich mein Vater ist! Wenn er dich dabei erwischt, dass du etwas anderes als Brötchen in diesen Ofen schiebst, kannst du dich auf was gefasst machen!"

In der festen Hoffnung dass sein Bäckermeister nichts davon erfahren würde, schob Hans die Badehose auf dem Brotschieber in den Ofen.

Als Siegfried zwei Stunden später wieder in die Backstube kam, roch es merkwürdig. Bevor er reagieren konnte, kam Hans verschlafen in die Backstube gestürzt.

„Mensch, so ein Mist!" rief er, „ich wollte mich doch nur mal ganz kurz aufs Ohr legen, es war so früh heute Morgen. Ich hab die Hose total vergessen!"

Er zog hastig ein übelriechendes Plastikknäuel aus dem Ofen, das zu einem harten kleinen Klumpen zusammengeschmolzen war.

Traurig schaute er auf das Etwas, das einmal seine Badehose gewesen war.

„Sauna heute Abend kann ich wohl vergessen!" murmelte er.

„Ich an deiner Stelle würde mir jetzt keine Sorgen um die Hose machen", sagte Siegfried, „sondern eher darüber, dass du den Gestank und den Plastikklumpen hier rausbekommst. Wenn mein Vater das merkt…"

Hans bekam einen sehr erschrockenen Ausdruck in den Augen und begann den Ofen mit jeder Menge Wasser und dem nassen Feudel auszuwischen. Er schrubbte den Brotschieber und den Ofen auf Hochglanz und lüftete die Backstube gründlich.

Anscheinend hatte er seine Arbeit gut gemacht, denn am nächsten Morgen in der Frühe backte Bäckermeister Alfred seine Brötchen, ohne etwas zu bemerken.

Da hatte Hans nochmal Glück gehabt, doch für einen herzhaften Lacher sorgt diese Geschichte bis heute.

Arbeit auch am Heiligabend

Gerade in der Weihnachtszeit war in der Bäckerei viel zu tun, die Öfen liefen auf Hochtouren. Aber die Brote und das Gebäck wollten auch ausgeliefert werden, da machte auch der Heiligabend keine Ausnahme.

Mein Onkel erinnerte sich noch gut an einen Heiligabend, an dem er selber noch Kind war. Es war ein bitterkalter 24. Dezember, und am Nachmittag zog sich sein Vater Alfred warm an, um das letzte Backwerk auszuliefern. Er hatte sich Angora Unterwäsche für solch kalte Tage zugelegt und zog darüber seine grüne Lederhose und die dicke Jacke an. Seine Winterschuhe waren so schwer und klobig, dass er kaum Gefühl beim Autofahren hatte. Manches Mal war er knapp davor in den Graben zu fahren, weil er zu fest auf das Gaspedal getreten hatte.

Nachdem er sich also dick eingepackt hatte und das Backwerk im VW Bus verstaut war, verabschiedete er sich von seiner Frau. Kuni schaute ihn an und sagte leise: "Kannst du heute mal etwas früher kommen, gerade an Heiligabend fällt den Kindern das Warten auf dich so schwer. Letztes Jahr ist das Essen fast kalt geworden, weil wir so lange auf dich warten mussten."

„Ich versuche so schnell wie möglich zu sein", versprach Alfred.

Er fuhr mit seinem VW Bus los, im guten Vorsatz sich heute zu beeilen. Bei den ersten Häusern bei denen er immer hielt, stieg er aus um die Seitentür aufzumachen. Auf der linken Seite stand die graue Holzkasse mit dem Kleingeld, daneben lagen die Mehlmarken mit einem Gummiband ordentlich gebündelt.

Die Bauern, die ihr Getreide zur Mühle brachten, bekamen Mehlmarken dafür. Diese Mehlmarken konnten sie gegen Brot eintauschen, allerdings nur für den Warenwert. So mussten sie zu den Mehlmarken noch einige Pfennige „Arbeitslohn" für den Bäcker bezahlen.

Schnell wurden die Hände von Alfred eisig kalt, aber Handschuhe konnte er beim Verkaufen und Geldwechseln schlecht tragen.

Alfred war wie immer freundlich und zu einem Scherz aufgelegt, nahm sich aber heute nicht so viel Zeit wie sonst für ein Schwätzchen. Als es dunkel wurde, war die Kälte fast unerträglich. Es war eine große Überwindung immer wieder aus dem Auto auszusteigen und neben der offen Tür in der Kälte stehen zu müssen.

Endlich waren die letzten bestellten Waren ausgeliefert und Alfred konnte sich auf den Heimweg machen. Er musste sich gut konzentrieren, um mit eisigen Fingern den Bus richtig fahren zu können.

Siegfried stand schon ungeduldig am Fenster, als er seinen Vater kommen sah.

„Mama, Papa ist endlich da, ich bin so gespannt auf die Bescherung!"

„Ein kleines bisschen Geduld musst du noch haben, Papa muss nur noch schnell aufräumen."

Seufzend wartete Siegfried, fast den Tränen nahe. Warum musste sein Papa sogar Heiligabend immer noch arbeiten, alle anderen Väter waren doch bei ihren Kindern.

Alfred war sehr gewissenhaft. Schnell aber gründlich räumte er die nicht verkauften Waren weg und machte den Bus sauber. Auch an Heiligabend war das wichtig.

Endlich hatte er es geschafft und ging ins Haus.

Es dauerte noch eine Weile bis er umgezogen und einigermaßen aufgewärmt war.

Dann konnte die Familie schließlich essen und vor dem Weihnachtsbaum die Bescherung beginnen lassen.

Da strahlten auch Siegfrieds Augen wieder und das lange Warten war vergessen.

Schnee ist kein Hindernis
von Joachim Hesse

Darf ich mich Ihnen vorstellen? Mein Name ist Paul Schelberger. Vielleicht kennen Sie mich noch aus der Zeit, als ich für unsere Heimatzeitung als Redakteur tätig war. Das ist inzwischen einige Jahre her, ich befinde mich längst im Ruhestand. Meinen Beruf habe ich sehr geliebt, da er mir die Möglichkeit gab, die unterschiedlichsten Menschen kennen zu lernen. Dennoch habe ich mich, als es Zeit wurde das in Anspruch zu nehmen, was ich Jahrzehnte lang in die Rentenversicherung eingezahlt habe, dazu entschlossen, einen klaren Schlussstrich zu ziehen.

Ich überließ das Feld komplett meinen jüngeren Kollegen. In der ersten Zeit nach meiner Verabschiedung wurde ich immer wieder angesprochen, ob ich nicht doch den einen oder anderen Termin übernehmen könnte um beispielsweise vom Kunstmarkt in der Ederberglandhalle oder einer Dampfloksonderfahrt von Frankenberg nach Marburg zu berichten. Ich lehnte höflich ab, obwohl ich beide Artikel zu meiner aktiven Zeit gerne geschrieben hätte. Mir drängte sich der Eindruck auf, dass man sich Sorgen machte, ob ich mit meinem Rentnerdasein klar käme.

Oh, danke der Nachfrage, liebe Ex-Kollegen, aber diese Bedenken sind völlig unberechtigt. Glauben Sie mir, ich genieße es nun einfach keinerlei terminliche Verpflichtungen mehr zu haben. Wer genau aufgepasst hat, dem dürfte nicht entgangen sein, dass ich pünktlich mit Rentenantritt auch meinen Posten als Schriftführer beim Posaunenchor abgegeben haben – stand schließlich in der Zeitung.

Sie werden es kaum glauben, aber es kann sehr angenehm sein, morgens ohne das Klingeln des Weckers aufzustehen und langsam in den Tag zu starten. Meine Frau Marion hat das Schicksal des Ruhestands fast zeitgleich ereilt. Sie schläft gerne etwas länger, das macht mir nichts aus. Ich nutze die Zeit um jeden Morgen Brötchen in der Altstadt zu holen. Zu Hause angekommen freue ich mich auf den ersten Kaffee und fische die Zeitung aus dem Briefkasten, um zu lesen was die Redaktion zu Papier gebracht hat. Natürlich passiert es bei dieser Lektüre häufiger, dass ich an meine aktive Zeit zurück denken muss. Jetzt, in der Vorweihnachtszeit, kommt mir eine Begebenheit besonders gerne in Erinnerung.

Als Lokalblättchen gehört es natürlich zu unseren Aufgaben... Huch, habe ich wirklich „gehört" geschrieben? Ich tue ja gerade so, als würde ich noch bei dem Verein arbeiten. Bitte entschuldigen Sie. Also, es gehörte - so muss es richtig heißen - zu meinen Aufgaben Bürger zu porträtieren, wenn ein runder Geburtstag oder eine Goldene Hochzeit anstand. Meist waren diese Artikel den Praktikanten oder Volontären vorbehalten, da man nicht viel falsch machen konnte und die älteren Herrschaften sich schon geehrt fühlten, wenn sich die Zeitung bei ihnen ankündigte.

Hatte aber eine Person des öffentlichen Lebens in Frankenberg Geburtstag, wurden die gestandenen Mitarbeiter der Redaktion mit der Berichterstattung beauftragt. Egal, ob der Seniorchef eines Autohauses oder ein legendärer Gastwirt vorzustellen war. Die Abonnenten erwarteten diese Portraits und die „Betroffenen" selbst konnten es oft kaum abwarten in der Zeitung zu stehen – fast wie in alten Tagen, zu ihren besten Zeiten.

Die 18-jährige angehende Abiturientin, die sich ihr Taschengeld ein bisschen aufbessern will, kann man allerdings nicht zu so einem Termin schicken. Sie durfte zu Wilhelm und Elisabeth Ernst nach Bottendorf fahren, wenn die von ihren fünfzig gemeinsamen Ehejahren berichten wollten. Leute hingegen wie Herbert Krähling, erwarteten einfach, dass sie von gestandenen Redakteuren besucht wurden, die sie schon seit Jahren kannten, das hieß dann bei uns ein Fall für Thomas Naumann, Arnd Möbus oder Paul Schelberger, also mich.

Sie werden sich bestimmt an die unverwechselbaren Sprüche des ehemaligen Ordnungsamtchefs erinnern. Als er seinerzeit in den Ruhestand verabschiedet wurde, geschah dies im Rahmen einer Feierlichkeit im Sitzungssaal des Rathauses.

Herbert, wir waren im Laufe der Jahre beim Du angelangt, saß vor Kopf der Gesellschaft, neben ihm zur linken der Bürgermeister – schließlich war dies sein Vorgesetzter, zur rechten folge Herberts Frau Hanne Krähling und neben ihr der damalige Landrat Georg Friedrich. Friedrich war nicht nur Landrat, sondern auch gleichzeitig ein guter Freund Herberts, aber das mussten die anderen Gäste nicht wissen, sollten sie sich ruhig wundern, was er für einen guten Draht nach Korbach hatte. Auch der Landrat sah sein Foto gerne in der Zeitung und nutzte daher diesen öffentlichen Rahmen um seinem langjährigen Weggefährten ein Präsent zu überreichen.

Landrat Friedrich sprach ein paar Worte von guter Zusammenarbeit und gegenseitigem Vertrauen, hielt eine Flasche Hochprozentiges in der einen und einen Umschlag in der anderen Hand. Er stellte beides auf dem Tisch vor

Herbert ab und umarmte ihn auf Gutsherrenart. Man konnte fast denken Kohl und Gorbatschow hätten soeben ein wichtiges Dokument unterschrieben, um sich nun zu beglückwünschen.

„Ist nur 'ne Kleinigkeit, damit dir als Rentner nicht langweilig wird. Sollst schließlich aktiv und gesund bleiben, bist du so alt wirst, wie du jetzt schon aussiehst!"

Krähling kannte solche Sprüche von ihm und überlegte sofort, wie er noch einen draufsetzen könnte. Soso, „aktiv bis ins hohe Alter". Was konnte bloß in dem Kuvert stecken?

Er öffnete es vorsichtig, fingerte eine aufklappbare Karte heraus und las laut vor.

„Lieber Herbert, alles Gute für deinen neuen Lebensabschnitt wünscht dir dein Landrat Georg Friedrich.

P.S.: Anbei ein Gutschein über 250,- EUR für den FKK-Sauna-Club in Winterberg."

Vereinzeltes Getuschel der Gäste verstummte abrupt. Man hätte die berühmte Stecknadel zu Boden Fallen hören können.

Als erstes begriffen seine Ehefrau Hanne und Landrat Friedrich, sie guckten sich an und grinsten dezent, wollten Herbert aber nicht die Show stehlen. Erfahrungsgemäß würde er die Situation selbst aufklären wollen, das war schließlich der große Spaß an der ganzen Aktion.

„Ach Mist, ich muss mich korrigieren, ich habe mich ver-lesen. Hier steht nicht FKK-Saunaclub sondern AOK-Yoga-Kurs! Schorsch, ich danke dir trotzdem!"

Ja, so war unser Herbert Krähling – ein echtes Franken-berger Original.

Vor fünf Jahren besuchte ich ihn zu seinem 85. Geburtstag um mir Anekdoten berichten zu lassen, die die Zeitungsle-ser fesseln würden. Durch den Schneeregen kämpfte ich mich am 10. Dezember zum Haus seiner Tochter Rita. Am 14.12. stand sein Ehrentag an, dann sollte der Artikel in der Heimatzeitung stehen.

Nach dem Tod seiner geliebten Hanne hatte Rita ihn bei sich aufgenommen. Geistig war er noch fit, nur das Herz machte ihm zu schaffen. Er war froh, dass er seine Tochter hatte und sie sich so liebevoll um ihn kümmerte. Sie war, nach ihrer gescheiterten Ehe von Südhessen zurück nach Frankenberg gezogen. Der Sohn war längst erwachsen und so war sie froh, dass sie dem Vater helfen konnte und kei-ner von ihnen allein sein musste.

Herbert verbrachte die Tage nun größtenteils im bequemen Fernsehsessel. Er schlief viel und schaltete für die Nach-richten das Radio ein. Zum Tagesabschluss guckte er sein „Wer wird Millionär?" und wurde danach von Rita ins Bett begleitet.

Seine Tochter öffnete mir und ich wurde gebeten auf dem Sofa im kleinen Wohnzimmer platz zu nehmen. Dort hatte

Herbert nun sein eigenes Reich. Der Raum wurde vom offenen Kamin gut erhitzt. Das angehende Geburtstagkind hatte sich bereits auf den Besuch vorbereitet, zwischen Kaffeekanne und Dresdner Stollen standen Reisesouvenirs: Eine Gondel aus Venedig und eine kleine Kafka-Büste aus Marienbad. Herbert war gerne und viel verreist, vor allem natürlich mit seiner Hanne. Er hatte sich scheinbar vorgenommen, von seinen Reiseerlebnissen zu berichten. Das konnte mir nur recht sein, es gibt nichts Schlimmeres für einen Zeitungsmenschen, wenn man jemanden porträtieren will und man muss demjenigen die Würmer aus der Nase ziehen – aber die Gefahr war bei Herbert Krähling eher gering.

Wenn er auf Tour war, dann war scheinbar immer was los. Er hätte sicherlich auch ein Buch mit Berichten von seinen Fahrten veröffentlichen können. Doch zurück zur Kafka-Büste, der Gondel und dem Artikel zu seinem 85. Geburtstag.

Er erzählte von Italien. Herbert und seine Frau waren dort vor einigen Jahren mit einer Reisegruppe unterwegs gewesen. Am Abend hatte der Busfahrer keinen Parkplatz gefunden und sich schließlich entschieden, seinen Bus in der schmalen Straße vor dem Hotel zu parken. Als die Reisegesellschaft am nächsten Morgen zu einer Tagesfahrt nach Venedig aufbrechen wollte, musste der Fahrer mit Schrecken feststellen, dass er sein Gefährt sehr dicht an einer Mauer abgestellt hatte. Mittlerweile stand ein Auto hinter dem Bus und es war nicht möglich einfach rückwärts wieder auszuparken. Der Besitzer des PKW war nicht auf-findbar, also blieb nur noch die Möglichkeit den Vor-wärtsgang einzulegen. Da gab es leider ein kleines Prob-lem… der Briefkasten der Hausbesitzer stand im Weg. Der Busfahrer war ratlos. Die Gruppe war gespannt, was sich Herbert einfallen lassen würde.

Er brauchte zwei Zigaretten, während der er das Malheur von allen Seiten betrachtete, um den Dreisatz Bus-PKW-Briefkasten richtig anzuordnen. Zum Schluss verharrte er lange vor dem überquellenden Briefkasten, dessen Besitzer scheinbar im Urlaub waren. Man konnte regelrecht sehen, wie die Gedanken in seinem Kopf kreisten. Schließlich sprach er kurz mit dem Busfahrer und ging mit ihm zu einer der Gepäckklappen.

Mit einem Werkzeugkoffer kehrte er zum Briefkasten zurück. Herbert nahm einen Hammer in die rechte Hand und schlug so lange gegen den Briefkasten, bis dieser platt war wie eine Flunder. Unbeschadet brachte der Fahrer den Bus wieder auf die Straße und weiter ging es nach Vene-dig.

Nachvollziehbar, dass sich Herbert später die Gondel als Erinnerung an dieses besondere Reiseerlebnis kaufte. Nachvollziehbar auch, dass ich diesen Italien-Ausflug entsprechend in dem Artikel würdigen wollte. Der Dresd-ner Stollen war mittlerweile zur Hälfte gegessen und drau-ßen hatte der Schneeregen etwas nachgelassen. Herbert berichtete mir noch von seinen Erlebnissen aus Marienbad für die er extra die Kafka-Büste bereit gestellt hatte.

Als ich in der Ausgabe vom 14. Dezember vor fünf Jahren schließlich den Marienbad-Bericht aus Platzgründen weg lassen musste, klingelte bereits um acht Uhr morgens das Telefon. Herbert wusste, dass er mich um diese Zeit noch zu Hause erreichen konnte.

„Guten Morgen Paul, hat der Platz für Marienbad nicht mehr gereicht?"

„Erstmal herzlichen Glückwunsch zum Geburtstag. Ja, so ist es. Sonst hätten wir eine Sonderbeilage mit deinen Reiserlebnissen machen müssen."

„Habe ich mir schon fast gedacht", reagierte er verständnisvoll.

„Wie wäre es denn zu deinem Neunzigsten? Da bringen wir die Kafka-Büste ganz groß raus! Hältst du noch so lange durch?"

„Ich werd mir Mühe geben. Dann frühstücke mal in Ruhe fertig und nachher nicht so viel Stress in der Redaktion!"

Das war vor fünf Jahren. Mein Versprechen von damals hatte ich längst vergessen. Das war normalerweise auch nicht weiter tragisch, da es in der Redaktion eine Liste gab mit den Geburtstagen der Leser und denen der lokalen Prominenz – also würde sich ein ehemaliger Kollege dem früheren Chef des Ordnungsamts und Frankenberger Original Herbert Krähling annehmen müssen.

Ich blätterte die Zeitung nun schon zum zweiten Mal von vorne bis hinten durch, nirgends war ein Artikel zu Herberts 90. Geburtstag zu finden. Hatte man ihn vergessen? Ich entschied mich zum ersten Mal seit meinem Abschied in der Redaktion anzurufen.

Arnd Möbus ging ans Telefon. Ich schilderte ihm, dass ich in der heutigen Ausgabe einen Artikel zu Herbert Krählings Geburtstag vermisst hätte.

„Ganz ehrlich. Ich hatte zwei Wochen Urlaub und den Kollegen muss das irgendwie durch die Lappen gegangen sein. Hans und Erna Kowalewski aus Haine haben sich auch schon beschwert, dass es keinen Bericht zu ihrer Diamantenen Hochzeit gab. Beim Nikolausabend des Laisaer Kindergartens war auch keiner. Kannst du dir das vorstellen?"

Ich hatte scheinbar einen wunden Punkt getroffen. Seine Urlaubsstimmung war definitiv am ersten Arbeitstag verflogen. Ich versuchte es mit einem Scherz.

„Warum nimmst du auch so kurz vor Weihnachten frei? Schon mal was von Sommerloch gehört?"

„Sehr witzig, Paul. Ich wollte nett sein und den Kollegen mit Kindern den Vortritt rund um die Feiertage lassen. Aber mal ganz im Ernst… Du weißt das selbst, mit solchen Aktionen vergraulen wir Leser. Die Leute wollen sich, ihre Angehörigen, ihre Kinder in der Zeitung sehen."

Seine Verzweiflung und die Enttäuschung über seine Mitarbeiter waren greifbar. Ich bot schließlich meine Hilfe an.

„Ich habe dir ja gesagt, wenn ich in den Ruhestand gehe dann richtig. Aber ich glaube es ist Zeit diese Regelung zu lockern. Ich hätte dem Herbert nachher sowieso zum Geburtstag gratuliert. Was hältst du davon, wenn ich wir... ähm also ich für euch, nachträglich noch was schreibe?"

Arnd war begeistert von meinem Vorschlag.

„Das würdest du machen? Danke!" Mehr brauchte er nicht sagen.

Es war mir eine Herzensangelegenheit, mein Versprechen von vor fünf Jahren einzulösen, dass Herberts Geschichte aus Marienbad in die Zeitung kommt. Vielleicht hört sich das merkwürdig an, aber hinzu kam für mich, dass ich ihm so kurz vor Weihnachten noch eine Freude machen wollte und ein Artikel anlässlich seines neunzigsten Geburtstags würde ihn definitiv freuen.

„Krähling", ich hatte seine Stimme deutlich kräftiger in Erinnerung.

„Hallo Herbert, hier ist Paul Schelberger. Ich wünsch dir alles Gute zum Geburtstag!"

„Oh, der ehemals rasende Reporter gibt sich die Ehre. Na, du untreue Seele."

Er hatte mein Versprechen, im Gegensatz zu mir, offenbar nicht verdrängt. Ich entschied mich für die Flucht nach vorne.

„Was macht Kafka?"

„Kafka? Der wartet darauf, dass in der Zeitung über ihn berichtet wird."

Wir vereinbarten, dass ich am Folgetag zu ihm kommen könne.

Anfang der nächsten Woche war in der Zeitung zu lesen:

„Mensch Hanne, da fahren wir noch selbst mit dem Auto hin!"

FRANKENBERG. Herbert Krähling, vielen noch bekannt aus seiner Zeit als er über Jahrzehnte das Ordnungsamt leitete, hat am 14. Dezember seinen 90. Geburtstag im Kreis seiner Familie gefeiert.

Seine größte Leidenschaft ist stets das Reisen gewesen. Vor allem mit seiner Frau Hanne hat er viele Fahrten im In- und Ausland unternommen. Zu seinem 85. Geburtstag berichteten wir über seine Erlebnisse in Italien, als er einen Briefkasten mit einem Hammer bearbeiten musste um die Abfahrt des Reisebusses zu ermöglichen. Am Zielort des Tagesausflugs kaufte sich Herbert damals eine Gondel, zur Erinnerung an diese besondere Anekdote. Nun steht eine kleine Büste vor mir, unschwer ist der Schriftsteller Franz Kafka zu erkennen. Was hat es damit auf sich?

Herbert Krähling erzählt lebhaft, dass er die Kafka-Büste als Souvenir aus Marienbad mitgebracht habe. Vor einigen Jahren, als seine Frau noch lebte, hatte das Paar eine Fahrt in die tschechische Kurstadt geplant. Am Abreisetag schneite es unaufhörlich. Hanne Krähling schlug vor, nicht selbst mit dem Auto zu fahren, sondern sich stattdessen dem Altenclub des DRK anzuschließen, der einige Tage später ebenfalls nach Marienbad fahren sollte. Sie hätte sich bereits erkundigt, ob es noch freie Plätze gäbe. Der Jubilar schildert, dass ihn dies besonders motiviert habe. Er war zwar damals schon jenseits der Achtzig, bezeichnete sich aber selbst noch gerne mit einem Augenzwinkern als Mann mittleren Alters. Die knapp 450 km würde er schon schaffen, notfalls mit einer Übernachtung unterwegs und dann würden sie zufällig im Hotel der DRK-Reisegesellschaft zu Abend essen. Hanne habe damals über ihre Freundin Martha erfahren in welchem Hotel die Gruppe übernachten würde und ein Doppelzimmer für sich und ihren Mann im gleichen Haus gebucht.

„Die haben vielleicht geguckt, als sie uns entdeckt haben!", freut sich das Geburtstagskind noch heute. Da ist der Wunsch nach einem Andenken an diese Fahrt nur allzu verständlich. Was Kafka mit Marienbad zu tun hat? Nun, genauso viel wie Herbert und Hanne Krähling, er weilte dort einst als Kurgast.

Schlittschuhlaufen im Park

von Tanja Schwarz

Gedankenverloren stand ich vor unserem Hochzeitsbild, das im Wohnzimmer neben den vielen anderen Familienbildern hängt.

Es ist kaum zu glauben, aber neunzehn Jahre ist es her, dass ich meinem Mann das Ja-Wort gab. Durch dick und dünn, in guten und in schlechten Tagen, bei Sonnenschein und Regen sind wir gemeinsam durchs Leben gegangen. Genauso, wie wir es uns vor so vielen Jahren versprochen haben. Es gab viele schöne Zeiten, viele turbulente Tage, aber auch kleine Krisen, die wir Gott sei Dank gemeinsam durchgestanden haben. Davon zeugen die vielen Fotos an der Wand. Unsere Söhne, als dickbackige lächelnde Babys, Kindergartenfotos, und natürlich stolz mit der Schultüte im Arm. Aber auch von uns als Paar und Familie hängen einige Fotos dort, ich muss lächeln wie wir uns im Laufe der Zeit verändert haben... Alles in allem eine schöne, runde Familienchronik. Und trotzdem machte sich bei mir im Moment eine gewisse Unzufriedenheit breit, das Gefühl nicht mehr genug und vor allem qualitativ gute Zeit miteinander zu haben. Beide sind wir berufstätig, da bleibt oft nicht viel Zeit und Kraft miteinander. Und zwei pubertierende Söhne tragen auch nicht gerade zu einem harmonischen Familienleben bei.

Wann sind wir überhaupt das letzte Mal gemeinsam, wenigsten für ein Wochenende weg gefahren? Um uns herum kriseln die Ehen überall, allein im letzten Jahr haben sich zwei gute befreundete Ehepaare getrennt. Vor allem die Trennung des letzten Paares hat uns sehr mitgenommen.

Wir waren eng befreundet, und haben viel zusammen unternommen. Und plötzlich ist das alles zu Ende, und man weiß nicht wem von beiden man die wahre Version über den letzten Streit glauben soll. Nach dieser Trennung haben wir uns geschworen, mehr Zeit miteinander zu verbringen, damit unsere Ehe nicht so endet… aber irgendwie ist der Alltag schnell wieder über uns hereingebrochen.

Jetzt in der Vorweihnachtszeit wollten wir uns ganz bewusst Zeit füreinander nehmen. Immerhin haben wir es einmal geschafft, abends einen langen Spaziergang im Schnee zu machen, das war schon mal ein guter Anfang. Jäh wurde ich aus meinen Gedanken gerissen, als Carstens Auto auf den Hof fuhr. Komisch, er war fast eine Stunde früher als sonst zu Hause, das hat er heute Morgen gar nicht gesagt.

Ich ging zur Tür und begrüßte ihn mit einem Kuss und einem „Na Schatz, wir war es heute an der Arbeit, haben sie dich heute früher „in die Freiheit" entlassen?"

Mein Mann lachte er wirkt echt gut gelaunt- und sagte leise und mit verschwörerischer Stimme:

„Ich habe gedacht, dass ich endlich mal wahrmache was wir uns für die Weihnachtszeit vorgenommen haben! Ich möchte mit dir heute Abend eine „Reise in die Vergangenheit" machen, lass dich überraschen!"

Ich muss wohl ziemlich ratlos geschaut haben, denn Carsten lachte über meinen dummen Gesichtsausdruck, und schickte mich nach Oben. Ich solle mich warm anziehen, hatte er gesagt. In Ordnung, dann werde ich das mal tun. Gegen einen Spaziergang habe ich nichts, obwohl es seit Tagen Minusgrade sind und es echt eisig ist. Also dick anziehen und keine Fragen stellen. Eigentlich mag ich keine Überraschungen, ich weiß gerne was so auf mich zukommt. Schließlich stand ich warm eingepackt draußen auf dem Hof, es war dunkel aber sternenklar. Die Luft war knackig kalt. Carsten kam auf mich zu, auch er unter Schichten von Winterkleidung eingepackt.

„So mein Schatz, ich bitte Platz zu nehmen!"

Er hielt mir die Autotür auf, ich stieg irritiert ein. Also doch kein Spaziergang, oder wie ? Bevor ich fragen konnte, sagte Carsten:

„Wir fahren nicht weit, warte es ab!"

Wir fuhren über die Ederbrücke mitten ins Herz Frankenbergs hinein, Carsten blieb schließlich auf dem Schwimmbad-Parkplatz stehen. Wir stiegen aus, ich war gespannt was jetzt kommen sollte. Carsten kam auf mich zu, nahm meine Hände und sagt:

"Meine liebe Nina, ich habe gedacht, wir machen heute etwas, was wir schon ewig nicht mehr gemacht haben, dafür habe ich etwas mitgebracht…"

Er öffnete den Kofferraum mit Schwung und holte etwas heraus. Es dauert ein bisschen, aber dann erkannte ich es im Dunklen: es waren meine Schlittschuhe! Ich weiß gar nicht mehr, vor wie vielen Jahren ich sie zum letzten Mal benutzt habe!

Carsten lächelte und nahm seine Schlittschuhe und einen großen Rucksack aus dem Kofferraum.

„Das ist ja eine Überraschung", freute ich mich und umarmte ihn, so gut das eben mit den sperrigen Schuhen ging.

„Ist denn der Teich schon dick genug zugefroren, können wir da wirklich fahren? Und ist es nicht zu dunkel und außerdem weiß ich gar nicht ob ich noch Schlittschuh laufen kann…"

Carsten hielt mir den Finger auf den Mund und sagte:

"So, ab jetzt habe ich das Kommando, das ist meine Überraschung für dich, du musst dir über nichts Gedanken machen!"

Wir gingen gemeinsam am Schwimmbad vorbei und kamen in den Frankenberger Stadtpark. Obwohl der Vollmond hell am Himmel stand, war es im Park doch unheimlich dunkel. Ich war froh, dass Carsten eine Taschenlampe dabei hatte, sonst hätte ich hinter jedem Baum Gespenster gesehen. Wir liefen durch den Park und ließen alte Erinnerungen aufleben, wir lachten viel als wir uns an damals erinnerten. Denn hier im Park fing unserer Geschichte an, als wir Teenager waren trafen wir uns im Winter oft mit unseren Freuden. Der Ententeich war oft wochenlang zugefroren und wir sind fast jeden Tag Schlittschuh gelaufen. Ich habe so lange nicht mehr daran gedacht, dabei sind das so schöne Erinnerungen. Sie rufen so warme Gefühle in mir hervor, vom schnellen Gehen und Lachen ist mir fast warm geworden.

Schließlich kamen wir am „Ententeich" an, einige kleine Holzhocker standen noch genauso wie damals da. Es war vollkommen still und menschenleer, nicht mal ein Hund mit Herrchen traute sich bei diesem eisigen Wetter aus dem Haus. Der Teich schien dick genug zugefroren zu sein, ich war aber immer noch skeptisch ob uns das Eis tragen würde. Ich wollte aber kein Spielverderber sein und setzte mich auf einen der Hocker und quälte mir die Schlittschuhe an die Füße. Wenn man so dick eingepackt ist, ist das gar nicht so einfach! Carsten war, genau wie damals, natürlich doppelt so schnell wie ich und half mir den zweiten Schuh festzuschnüren.

Dann wagten wir uns langsam und wackelig über das verschneite Ufer zum Eis hin. Auch mein Mann erschien jetzt nicht mehr ganz so draufgängerisch, schließlich war auch er jahrelang nicht Schlittschuh gefahren...

Nach einigen zaghaften Versuchen, immer dicht am Ufer entlang, wagten wir uns langsam immer weiter aufs Eis. Wir hielten uns fest an den Händen und waren dabei albern wie ein paar Teenager. Uns kamen immer mehr Erinnerungen an damals, die ersten Blicke, das erste Händchenhalten, der erste Kuss ist auch hier auf dem Eis geschehen…

„Das war echt eine tolle Idee von dir", sagte ich außer Atem und schaute Carsten an, „warum sind wir eigentlich nicht früher darauf gekommen mal wieder Schlittschuh zu fahren! Das hat uns damals immer so viel Spaß gemacht, das war wirklich etwas das uns beide verbunden hat!"

„Du hast Recht, es wurde höchste Zeit mal wieder etwas zu tun, das uns beide an die schöne Zeit von früher erinnert…", sagte mein Mann mit einem gewissen Unterton in der Stimme…

Danach fuhren wir eine Weile schweigend Runde um Runde auf dem Teich. Mittlerweile kam es mir gar nicht mehr so dunkel vor, meine Augen hatten sich gut an die Vollmondnacht gewöhnt. Trotzdem blieb da noch so ein kleines Kribbeln. Was wäre, wenn das Eis jetzt brechen würde? Wir waren ganz allein hier im Dunkeln, wer würde uns helfen? Aber ich beruhigte mich selbst, es war seit Tagen um die minus acht Grad, und das Eis schien kräftig genug zu sein.

„So", sagte Carsten plötzlich, „Zeit für eine *Aufwärmpause*!"

Wir fuhren zum Ufer und liefen vorsichtig über den verschneiten Boden zur Bank. Er packte den Rucksack aus, eine Thermoskanne kam zum Vorschein. Lecker, heißer Honigwein war im Moment mein absolutes Lieblingsgetränk, seit ich ihn auf dem Frankenberger Weihnachtsmarkt beim Honigstand getrunken hatte. Noch viel leckerer als Glühwein…

Wir saßen in eisiger Kälte am Ufer und tranken genüsslich den heißen Met. Es kam mir fast unwirklich vor, so als ob das Ganze ein Film wäre. So eine einfache Idee und doch tat es uns so gut und schweißte uns ganz dicht zusammen.

„So, noch eine letzte Runde mein Schatz", sagte Carsten, „bevor wir hier festfrieren!"

Wir wagten uns noch mal aufs Eis und drehten ein paar letzte Runden. Der Honigwein war mir ganz schön zu Kopf gestiegen, ich hatte ihn zu schnell getrunken... Auch Carsten wurde immer alberner, wir fingen an herumzublödeln. In einem lichten Moment dachte ich nur: hoffentlich sieht uns hier keiner! Schließlich waren wir außer Atem und mein Gesicht kribbelte schon vor Kälte. Wir beschlossen beide, dass es Zeit war zu gehen, natürlich nicht ohne uns in Erinnerung an früher noch mal lang und ausgiebig zu küssen.

Wir fuhren mit einem letzten schnellen Sprint zum Ufer als es passierte. Carsten blieb irgendwo mit seinem Schlittschuh hängen und flog förmlich durch die Luft, bis er mit einem hässlichen Geräusch auf dem Eis aufprallte. Dort, wo er gestolpert war, war ein kleiner Stock im Eis eingefroren und schaute einige Zentimeter heraus. Erst wollte ich einen Witz darüber machen, dass man in fortgeschrittenem Alter nicht mehr Schlittschuh fahren sollte. Doch als ich Carsten hoch helfen wollte, merkte ich ganz schnell, dass der Sturz schlimmer war als erwartet. Er war ganz blass und jammerte:

„Mein Bein, irgendwas ist mit meinem Bein, das tut tierisch weh!"

Mir wurde ganz weich in den Knien, aber irgendwie schaffte ich es, ihn zum Ufer zu bringen. Er stöhnte und stöhnte, mir wurde sofort klar, dass ich den Krankenwagen rufen musste. Oh weh, so was habe ich noch nie gemacht, kommt der Rettungsdienst überhaupt den Weg entlang zum Teich? Mit zitternden Fingern suchte ich Carstens Handy im Rucksack, dort fand ich es nicht.

„Schatz", hörte ich mich selber sagen, „wo ist dein Handy, hast du es in der Jackentasche?"

Mein eigenes Handy hatte ich nicht dabei, bei der Überraschung war ich so in Gedanken, dass ich es nicht eingesteckt hatte.

„Mein Handy", stöhnte Carsten, „scheiße, das habe ich im Auto gelassen…"

In meinem Kopf drehte sich alles, ich musste handeln. Ich konnte doch meinen Mann hier nicht allein liegen lassen! Ich sagte, nein, ich schrie fast:

„Du musst jetzt ganz still hier liegen bleiben, ich renne zum nächsten Haus und hole Hilfe!"

Ich wollte loslaufen, merkte aber schnell, dass man in Schlittschuhen nicht rennen kann. Ich zog mir die Dinger von den Füßen, und fand meine Schuhe in der Dunkelheit nicht. Carsten stöhnte immer leiser, ich hatte Angst, dass er ohnmächtig wird. Mir war alles egal, in Socken lief ich den Weg entlang, Gott sei Dank waren hier Häuser in der Nähe. Ich konnte mich später kaum erinnern, wie ich geschafft habe, so schnell zum nächsten erleuchteten Haus zu laufen.

Atemlos, in Socken stehend, schilderte ich den völlig überraschten Hausbewohnern was geschehen war. Zum Glück fragten die Leute nicht viel und die Frau rief sofort den Notarzt während ich mit ihrem Mann zurück zu Carsten lief. Er war zwar noch bei Bewusstsein, aber es ging ihm schlecht. Irgendwie schien das Bein ganz krumm zu sein, ich wagte nicht es anzufassen…

Wir stützten ihn mehr schlecht als recht, um wenigsten auf den Kiesweg zu kommen. Es hat nur Minuten gedauert bis der Krankenwagen auf dem Kiesweg langsam auf uns zukam, ich hätte heulen können vor Erleichterung. Als Carsten gut im Krankenwagen verstaut war, realisierte ich erst, dass ich immer noch nur in Socken da stand…

Die nachfolgenden Stunden verliefen wie im Film, erst als ich im Wartebereich des Krankenhauses saß, wieder mit Schuhen, kam ich langsam zu mir.

„Ihr Mann hat einen offenen Knochenbruch im rechten Unterschenkel", war die sachliche Diagnose des Arztes, „das ist eine sehr schmerzhafte Sache, er wird einige Wochen krankgeschrieben werden."

Er schaute mich fragend an.

„Was um Himmels Willen haben Sie bei dieser Eiseskälte um diese Uhrzeit beim Ententeich gemacht?"

Kleinlaut sagte ich und ich kam mir dabei sehr dumm vor, „Na ja, wir sind Schlittschuh gefahren…"

Tadelnd schaute mich der Arzt an und schickte mich schnellstens zum Aufwärmen nach Hause. Natürlich spürte ich schon in der Nacht, wie eine dicke Erkältung im Anflug war. Am nächsten Morgen saß ich mit roter Schniefnase am Bett neben meinem Mann, der schon wieder etwas von seinem alten Humor zurück gewonnen hatte.

„Na, meine Heldin in Socken", witzelte er, „hab ich es gut, kein Mann der Welt kann von sich behaupten, dass seine Frau für ihn mit Socken bei minus zehn Grad durch den Schnee läuft!"

Ich musste so lachen, dass mir die Tränen kamen.

Carsten war weit bis ins neue Jahr krankgeschrieben und obwohl er manchmal starke Schmerzen hatte und mit seinem Gipsbein sehr unbeholfen war, hatten wir so eine ruhige Weihnachtszeit wie noch nie.

Wir waren quasi „ans Haus gefesselt" und diese Zeit hat unserer Ehe sehr gut getan. Wir sind auch im nächsten Winter wieder Schlittschuh gefahren, aber nur noch bei Tageslicht. Wenn Freunde von uns über Krisen in der Beziehung redeten, sagten wir immer grinsend:

"Geheimtipp, geht mal bei Mondschein Schlittschuh fahren, das wirkt Wunder…"

Adventskino bei Ortweins
von Joachim Hesse

Jonas bekam wöchentlich vier Mark Taschengeld, diesen Betrag hatte seine Mutter willkürlich festgelegt und wurde zur Hälfte von seinen Großeltern gesponsert, wie er Jahre später erfuhr. Seit sechs Monaten besuchte er die dritte Klasse der Ortenbergschule. Seine Eltern hatten sich getrennt und er war mit seiner Mutter in den Sommerferien von Korbach zurück nach Frankenberg gezogen.

Wie so oft hatte es seine Mutter nicht geschafft pünktlich zu sein. Der Unterricht hatte bereits begonnen als sie das Klassenzimmer betraten. Alle Plätze waren belegt nur neben einem Mädchen war noch ein Stuhl frei. Nach kurzem zögern setzte er sich schließlich.

„Hi, ich bin Fee", stellte sich die Blonde vor.

„Fee? Das ist doch kein Name", stellte er irritiert fest. „Und wie heißt du?" war ihre Reaktion.

Jonas stellte sich ihr kurz vor und dann nach Aufforderung des Lehrers den neuen Mitschülern. Ihm wurde ganz heiß und er lief rot an. Er hatte dem Mädchen unrecht getan, sie hieß wirklich Fee, der Lehrer hatte sie auch so genannt „Fee wird sich um dich kümmern, wenn du Fragen hast. Ist ja alles noch ganz neu hier für dich".

Auf eine merkwürdige Art hatte ihn Fee vom ersten Moment an fasziniert. So was kannte er gar nicht an sich. An der alten Schule waren die Mädchen alle einfach nur blöd gewesen mit ihren Barbies und Bibi Blocksberg-Kassetten.

Fee hatte etwas. Waren es ihre Sommersprossen? Oder die Tatsache, dass sie wie selbstverständlich bei EDEKA-Baltz reinmarschierte um sich die neueste Ausgabe der BRAVO zu kaufen?

Im November machten sie mit der Klasse einen Ausflug. Gemeinsam liefen sie die Friedrich-Riesch-Straße entlang zum Kino. Der Inhaber, Herr Ortwein, begrüßte die Schüler freundlich zu einer vormittäglichen Sondervorstellung vom „Dschungelbuch". Jonas war begeistert von der Atmosphäre und der großen Leinwand. Im Kino entdeckte er ein Plakat mit vergünstigten Filmen, die an den Advents-samstagen für Kinder gezeigt werden sollten. Am nächsten Schultag, in der großen Pause, packte er allen Mut zusammen und fragte Fee, ob sie mit ihm am zweiten Adventssamstag ins Kino gehen würde um Santa Clause zu gucken. Fee nahm das Angebot gerne an.

„Aber den Eintritt bezahle ich selbst, nicht das hier irgendwelche Missverständnisse entstehen", gab sie die Rahmenbedingungen vor. Sie verabredeten sich für den Samstagnachmittag um viertel nach zwei.

Jonas war am Montag etwas angespannt, am Dienstag etwas mehr, am Freitag war es kaum noch auszuhalten. Eigentlich saß er die ganze Woche nur neben Fee, ließ den Unterricht an sich vorbei plätschern, guckte gelegentlich grinsend zu ihr rüber und wartete auf Samstag. Er hatte sich sogar extra zwei Wochen lang kein neues „Micky Maus"-Heft gekauft um noch etwas Geld für Cola oder Popcorn übrig zu haben. Aber war es wirklich angebracht, sich so verrückt zu machen? Schließlich gingen sie einfach nur ins Kino, oder? Was sollte da schon passieren, er war neun Jahre alt, sie im Oktober zehn geworden. OK, wenn er näher drüber nachdachte musste er zugeben, dass sie die BRAVO regelmäßig las verunsicherte ihn. Fee hatte ihn kürzlich einen Blick in das Heft werfen lassen. Die Seiten von Dr. Sommer und seinem Team waren berühmt berüchtigt, schließlich wurden dort Fragen beantwortet, die man sich nicht traute an die Eltern zu richten. Besonders war ihm der Leserbrief eines Mädchens aus Bochum im Gedächtnis geblieben „Nach dem Kino passierte es".

Endlich Samstag. Jonas ging durch die Fußgängerzone zum Kino und musste sich dabei durch Unmengen an Menschen kämpfen, die ihn kaum wahrnahmen weil sie so mit ihren Weihnachteinkäufen beschäftigt waren.

Vor Aufregung hatte er es zu Hause nicht mehr ausgehalten und war viel zu früh losgegangen. Kurz nach zwei stand er an der Kasse und nahm die reservierten Eintrittskarten von Herrn Ortwein in Empfang. Jonas steckte die Tickets in die Brusttasche seines Hemdes das er offen über seinem „Puma"-T-Shirt trug. Die Zeit verging, es war schon zwanzig nach zwei. Dann tauchte Fee plötzlich mit ihrem Fahrrad auf. Auch sie hatte sich Gedanken gemacht, sie hatte sich für ihren Lieblingsjeansrock entschieden.

Auf ihre typische Art nuschelte sie ein kurzes „Entschuldige" und schaltete dann gleich wieder auf Angriff um. „Na, die Karten hast du aber hübsch da rein gesteckt". Jonas wurde rot.

„Pass auf, ich hab's mir überlegt. Du bezahlst die Karten, ich hol Cola und Popcorn. OK?". Er nickte fast wie hypnotisiert.

Im Kino A setzten sie sich wie selbstverständlich in die letzte Reihe, Fee ging vor. Schnell wurde Jonas bewusst,

dass sie kein Interesse an dem Film und den Schwierigkei-
ten hatte, denen sich *Santa Clause* beim Verteilen der Geschenke ausgesetzt sah. Sie redete lieber über die Filme,
die sie schon gesehen hatte und in den nächsten Wochen
noch sehen wollte.

Der Film war zu Ende. Der Abspann lief. Die Kinobesu-
cher erhoben sich von ihren Sitzen. Auch Fee und Jonas
standen auf. Plötzlich drehte sie sich nach links und drückte ihm einen Kuss auf die Stirn. In einer Bewegung glitt
ihr Mund zu seinem rechten Ohr: „aber sag das keinem
weiter".

Der umweltfreundliche Weihnachtsbaum

von Tanja Schwarz

Anna stand am Wohnzimmerfenster und schaute hinaus ins graue, ungemütliche Dezemberwetter.

Dies würde das letzte Weihnachtsfest in der beengten Mietwohnung sein, denn Ende Januar war der Einzug ins neu gebaute Haus in Röddenau geplant. Endlich Platz und vor allem ein großer Garten, der darauf wartete gestaltet zu werden.

Anna drehte sich um und wollte in die Küche gehen, als Jana auf sie zu rannte:

„Mama, wann kaufen wir eigentlich unseren Weihnachtsbaum? Morgen ist schon der dritte Advent, da sind wir doch sonst immer zum Hof Treisbach gefahren, wo man sich die schönen Weihnachtsbäume aussuchen kann".

„Du hast recht Jana", sagte Anna, „vor lauter Haus bauen habe ich daran gar nicht gedacht! Ich spreche nachher mit Papa wann wir zusammen fahren können um einen Baum auszusuchen!"

Dieses Jahr war es Anna gar nicht richtig weihnachtlich zumute, sie war im Moment mehr mit der Küchenplanung beschäftigt und hatte daher wenig Lust, die Wohnung zu dekorieren.

Kaum war ihr Mann am Abend von der Arbeit nach Hause gekommen, sprach sie ihn gleich auf den Zeitpunkt des Weihnachtsbaumkaufes an.

„Interessant, dass du das heute fragst", sagte Daniel „gerade heute hat meine Kollegin mit mir darüber gesprochen! Die Müllers haben doch auch vor zwei Jahren gebaut. Sie holen sich jetzt jedes Jahr einen Weihnachtsbaum im Topf, und pflanzen ihn dann im Garten ein. Das spart Geld und ist echt umweltfreundlich. Was hältst du davon, ist das nicht eine gute Idee?"

„Eigentlich hört sich das ganz sinnvoll an", sagte Anna, „die Frage ist nur, ob dem Baum das gut bekommt, wenn er erst im warmen Wohnzimmer und dann wieder draußen im Kalten steht."

„Ach, das wird schon klappen wenn die Müllers damit auch gute Erfahrungen gemacht haben! Und wir müssten keinen Baum wegwerfen, das geht mir als umweltbewusster Menschen sowieso immer gegen den Strich!"

Sie hatte einen Abend darüber nachgedacht und entschieden, dass es dieses Jahr einen umweltfreundlichen, praktisch wieder verwertbaren Weihnachtsbaum geben sollte! Leider konnten sie den Baum nicht, wie es Tradition war, auf Hof Treisbach bei Oberorke kaufen, denn dort gab es nur frisch geschlagene Bäume.

Die Kinder waren deswegen sehr enttäuscht, doch alles Motzen half nichts, die Eltern hatten sich entschieden und so sollte dieses Jahr der Tannenbaum in einem großen Gartencenter in Frankenberg gekauft werden. Dort angekommen waren alle bald sehr ernüchtert, denn die Auswahl war nicht wirklich groß und richtig schöne Bäume waren auch nicht dabei.

„Ohh Mama", sagte Julius, der Jüngste, „die sehen alle gar nicht wie echte Weihnachtsbäume aus, nur wie Tannenbäume!"

„Ach, wir stellen den schon so hin, dass die schöne Seite vorne steht und wenn der erstmal geschmückt ist, sieht er bestimmt wunderschön aus!", tröste ihn Papa.

Anna nahm ihren Mann zur Seite und flüsterte:

„Schatz, die Kinder haben wirklich recht, so richtig nach Weihnachtsbaum sehen die alle nicht aus! Können wir nicht einfach wie jedes Jahr unseren geschlagenen Baum im Wald kaufen?"

„Wir haben doch alles besprochen, dieses Jahr gibt es einen umweltfreundlichen Baum, der nicht weggeworfen wird sondern bald in unserem neuen Garten steht und wächst und gedeiht!", antwortete Daniel sehr bestimmt.

So wurde der größte Tannenbaum gekauft, und irgendwie in den Kombi verfrachtet.

„Mensch, der ist aber schwer!" stöhnte Daniel. Milde lächelnd sagte Anna: „Ja, wer die Umwelt schonen will muss schon etwas investieren..."

So wurde der Baum mit viel Mühe und anschließend zwei Tage Rückenschmerzen auf den Balkon getragen, wo er bis zum 24. Dezember ausharren musste.

Am Morgen des Heiligabends wurde er von Anna und Daniel in das angrenzende Wohnzimmer geschoben, leider hatte es in der Nacht wieder geregnet und der Baum war nass und tropfte. Am Nachmittag war er endlich trocken und wurde in aller Eile von Anna geschmückt, weil es schon bald Zeit für den Heiligabend-Gottesdienst war. „Na, so sieht er doch wie ein Weihnachtsbaum aus!" sagte Daniel stolz, als er Annas Werk betrachtete. Und so wurde es ein wirklich schöner Heiligabend, mit einem strahlenden Weihnachtsbaum.

Am nächsten Morgen durften die Kinder noch im Schlafanzug in das Weihnachtszimmer gehen, um mit ihren Geschenken zu spielen, auch das war Tradition. Ein Kreischen weckte Anna und Daniel.

„Mama, Papa kommt schnell, ihh ist das ekelig, alles voller Käfer!"

Schlaftrunken tappte Anna ins Wohnzimmer und erstarrte. Eine unzählige Schar von kleinen Käfern mit dünnen Beinchen krabbelte im Wohnzimmer herum. Vom Baum herkommend verteilten sie sich in alle Richtungen.

Anna handelte schnell, holte die Küchenrolle, und drückte einen nach dem anderen platt und wischte ihn auf. Als Daniel verschlafen dazu kam, traute auch er seinen Augen kaum.

„Echt umweltfreundlich und ökologisch!" zischte ihm Anna wütend zu und Daniel nahm sich auch ein Küchentuch und half die Plage zu vernichten.

Bis zum Nachmittag waren keine weiteren Käfer mehr aus dem Topf gekrochen, so wurde beschlossen, den Baum doch noch wenigsten während den Feiertagen stehen zu lassen.

Schon am nächsten Morgen war es wieder dasselbe, die Käfer schienen die Nacht abzuwarten um dann klammheimlich das Wohnzimmer in Scharen zu erforschen. Es kam wie es kommen musste, am 27. Dezember wurde der Baum abgeschmückt und wieder auf den Balkon verfrachtet. Daniel musste sich einiges einfallen lassen, um wieder gut zu machen, dass bei der Silvesterfeier kein Weihnachtsbaum mehr im Wohnzimmer strahlte...

Zu allem Überfluss begann der Baum schon nach kurzer Zeit krank zu werden und alle Nadeln zu verlieren, so dass er nicht einmal die Chance hatte in den neuen Garten eingepflanzt zu werden.

Seit diesem Erlebnis, das immer nur mit „Weißt du noch, der Käfer-Baum..." erwähnt wurde, hatte Daniel nie wieder den Wunsch einen umweltfreundlichen Weihnachtsbaum zu kaufen. Die Familie fuhr danach lieber wieder jedes Jahr zum Bauernhof im Wald, um sich dort einen schönen, frisch geschlagenen Baum auszusuchen.

Leider hat die ganze Familie seitdem eine starke Abneigung gegen Käfer, noch heute hat Anna manchmal Alpträume wie Horden von Käfern das Haus in Besitz nehmen...

Fast wie jedes Jahr zum Weihnachtsmarkt

von Joachim Hesse

Andreas und Jana hatten sich genau vor einem Jahr zuletzt gesehen, genau hier, genau zur gleichen Zeit. Am ersten Adventswochenende beim Frankenberger Weihnachtsmarkt auf dem Obermarkt. Damals hatte Jana, wie jedes Jahr, im Verkaufsstand ihrer Mutter geholfen, gebrannte Mandeln und Makronen zu verkaufen. Seitdem war viel geschehen. Janas Mutter war nach kurzer, schwerer Krankheit im Sommer verstorben. Sie hatte ihr Studium, dem sie ohnehin nur halbherzig nachgegangen war, abgebrochen und sich entschlossen, den Familienbetrieb fortzuführen. Gemeinsam mit einer Angestellten bereiste sie nun an den Wochenenden die Volksfeste zwischen Kassel und Marburg. Eine Tätigkeit, die natürlich nicht sonderlich beziehungsfördernd war. Auch Andreas war seit einigen Monaten solo, er hatte sich nach acht Jahren von seiner Freundin getrennt mit der er sogar zusammen gewohnt hatte.

Es war gute Tradition geworden, dass sich die jüngeren Frankenberger zum Weihnachtsmarkt an ihrer Bude trafen. Dieses Jahr war Andreas einer der Ersten, das war kein Zufall, so blieb ihm besonders viel Zeit um mit Jana zu reden. Er konnte den Freitag, an dem der Markt eröffnet wurde, kaum abwarten. Er fieberte diesem Tag schon seit einigen Monaten entgegen schließlich bot sich so die Gelegenheit relativ unverfänglich mit Jana Kontakt aufzunehmen.

Sie kannten sich schon seit Jahren, waren gemeinsam zur Edertalschule gegangen, hätten beim Abi-Ball beinahe was miteinander angefangen, sich aber durch Uni bzw. Beruf aus den Augen verloren und danach nur noch ein Mal im Jahr beim Pfingstmarkt gesehen.

Andreas war direkt von der Arbeit gekommen, hatte sein Auto auf dem Parkplatz am Steinhaus abgestellt und war den restlichen Weg durch den Regen zu Janas Stand gelaufen. So stand er schon um 17 Uhr mit einer obligatorischen Tüte gebrannter Erdnüsse bei ihr und fragte sie, wie es ihr in den letzten Monaten nach dem Tod der Mutter ergangen war und berichtete von seiner Trennung. Hin und wieder kauften Kinder Waffeln oder verliebte Pärchen hängten sich Lebkuchenherzen um. Alles in allem war an diesem frühen ersten Abend des Weihnachtsmarkts relativ wenig Betrieb, es hatte sich mittlerweile eingeregnet.

Inzwischen war fast eine Stunde vergangen. Andreas lief zum Stand nebenan um sich und Jana mit Pommes und Bier zu versorgen.

„Ach komm doch hoch, ist doch blöd ständig über die Entfernung zu reden", empfing sie ihn als er mit der Verpflegung zurückkehrte. Verblüfft aber erfreut nahm er das Angebot an. So kam es, dass Andreas den ganzen Abend am Stand verbrachte, bald kassierte er sogar, wenn Jana verschwand, um die Fächer mit Magenbrot oder Mandeln aufzufüllen. Freunde und Verwandte der Beiden kamen für ein kurzes Schwätzchen vorbei und zogen dann bald zum Glühweinstand oder einem der Weihnachtsdekoverkäufer weiter.

Als der Markt für diesen ersten Abend um zehn Uhr die Pforten schloss, entschieden sie sich, den Tag im benachbarten Philippo ausklingen zu lassen. Bei Rotwein machten sie es sich vor dem offenen Kamin gemütlich. Nach dem dritten Glas war offensichtlich, dass keiner von ihnen an diesem Abend noch mit dem Auto fahren würde. Andreas nahm allen Mut zusammen und stellte endlich die Frage, die er schon den ganzen Abend los werden wollte.

„Mmmh Jana, hast du noch 'ne unbenutzte Zahnbürste zu Hause?"

„Klar", antwortete sie grinsend.

Am zweiten Tag begann der Weihnachtsmarkt um 11:00 Uhr. Deswegen lag Jana um neun Uhr noch im Bett als ihr Handy neben dem Bett klingelte. Tante Heidrun, die Schwester ihrer verstorbenen Mutter.

„Hab ich dich wach gemacht?" Jana stellte auf Lautsprecherfunktion und legte das Handy neben sich auf die Matratze.

„Ne, geht schon. Was gibt's denn?"

„Hier, gestern der junge Kerl, der mit dir hinterm Stand war. Wer war das denn? Ihr habt so gut mit einander harmoniert. Wäre doch toll, wenn du nicht mehr allein sein müsstest, nach dem was du dieses Jahr alles durchgemacht hast!"

Andreas schlug die Bettdecke zurück, grinste Jana an, gab ihr einen Kuss und verschwand im Bad.

Heiligabend mit Hamster

von Tanja Schwarz

Ich hatte mich wirklich auf die Adventszeit gefreut, wollte dieses Jahr alles ganz ruhig angehen lassen. Wir waren relativ frisch verheiratet, das sollte unser erstes Weihnachtsfest im eigenen Heim werden.

Im Sommer nach unseren Flitterwochen waren wir in eine neu renovierte Dachwohnung in ein Fachwerkhaus in die Altstadt Frankenbergs gezogen. Ich liebte den Straßennamen „Pferdemarkt". Ich stellte mir immer vor, wie im Mittelalter die Händler über das Kopfsteinpflaster hinweg um die besten Preise für ihre Tiere feilschten und die Hufe auf dem Pflaster klapperten.

Ich mochte unsere Dachwohnung, zwar waren bis zum dritten Stockwerk etliche Treppen zu erklimmen, aber die Aussicht auf den Untermarkt belohnte dafür. Leider stöhnen unsere Umzugshelfer noch heute, aber ein bisschen Muskelkater in den Beinen hat ja noch keinem geschadet...

Ich hatte unser Heim weihnachtlich dekoriert, selbst Plätzchen gebacken und zum ersten Mal einen Adventskranz in einem Volkshochschulkurs gebunden und dekoriert.

Als wir am vierten Advent zusammen bei Kaffee und Plätzchen saßen und alle vier Kerzen anzündeten sprachen wir über den Kauf des Weihnachtsbaums.

„Also ich würde am liebsten gar keinen Baum kaufen!" sagte mein Mann mit Überzeugung. „Überleg mal, wir müssen den in den dritten Stock schleppen, weißt du wie viele Treppenstufen das sind? Außerdem sind wir doch an Heiligabend sowieso bei meinen Eltern, die haben immer einen großen Baum!"

„Och man", maulte ich, „das erste Weihnachten zu zweit, und dann keinen Weihnachtsbaum? Ich habe doch schon Weihnachtbaumschmuck bei Ikea gekauft!"

„Schatzi", beschwichtigte mich mein Mann, „du bist doch sonst immer so vernünftig! Wir sind über die Feiertage kaum zuhause, da lohnt es sich echt nicht einen teuren Baum zu kaufen und hier hoch zu tragen. Und der Weihnachtsschmuck von Ikea wird nicht schlecht oder steht da etwa ein Mindesthaltbarkeitsdatum drauf?"

Er lachte über seinen lustigen Scherz, ich wollte nicht so recht mitlachen. Aber ich musste ihm zustimmen, es würde bestimmt noch viele Weihnachtsfeste geben, an denen wir Zuhause (hoffentlich bald mit unseren eigenen Kindern) feiern würden. Und da würde es auch jedes Jahr einen tollen, geschmückten Baum geben, da war ich mir sicher. Also, das erste Jahr eben keinen Weihnachtsbaum, damit würde ich doch leben können.

Ich freute mich auf Weihnachten und war wirklich auch kein bisschen gestresst. Die Feiertage würden wir bei meinen Eltern und Schwiegereltern mitsamt Verwandtschaft verbringen. Deshalb musste ich mir um Einkaufen und Kochen keine Sorgen machen. Das war toll, denn leider bin ich nicht die begnadetste Köchin… Na ja, alles braucht seine Zeit, ich bin ja erst seit kurzem eine kochende Ehefrau. Gut, dass mein Mann sonntags kocht, dann schmeckt es wenigstens einmal in der Woche gut… Aber wie gesagt, ich lerne täglich dazu und mehr als einmal habe ich meine Mutter während des Kochens angerufen und um Rat gefragt.

An diesem vierten Advent begann es nachmittags zu schneien, wir beschlossen einen Schneespaziergang zu machen. Wir packten uns warm ein und gingen durch die Altstadt während die dicken Flocken langsam und leise zu Boden schwebten. Es sah aus, als hätte Frau Holle Federn aus ihrem Kopfkissen geschüttelt, so groß waren die Schneeflocken.

Als wir durchgefroren aber glücklich wieder zuhause ankamen, war mir richtig weihnachtlich zumute. Genauso sollte das erste Weihnachten zu zweit sein, glücklich verliebt, gesund, draußen liegt der frische Schnee... Leider war das der letzte glückliche und romantische Gedanke über Weihnachten, denn als wir in die Wohnung kamen, klingelte das Telefon. Mein Mann ging, sehr zu meinem Ärger, mit den nassen Schneeschuhen zum Telefon.

„Die Zeit deine Schuhe auszuziehen hättest du schon noch gehabt!" zischte ich ihn an, während ich den Putzlappen holte und seine nasse Spur aufwischte. Schuldbewusst zog er sich die Schuhe aus, das Telefon immer noch am Ohr.

„Hm, Mensch, das hört sich ja nicht gut an... Ja, ich rede mal mit Elena... Mal schauen, vielleicht geht's bis dahin ja wieder... Ja, erst mal gute Besserung, ich rufe morgen mal an, tschüss!"

Er legte auf und während er sich von Jacke und Schal befreite berichtete er:

„Schatz, das ist echt blöd. Mein Papa hat Fieber und Durchfall und meiner Mama geht's auch nicht gut, sie denkt, dass es bei ihr auch losgeht. Morgen sollten doch David und Lisa mit den Kindern kommen, damit wir alle zusammen feiern können. Tja, ich glaube nicht, dass sie bei meinen Eltern übernachten können wenn es denen so schlecht geht..."

Fragend schaute er mich an. Langsam dämmerte mir, dass er darauf wartete, dass ich großzügig eine Übernachtungsmöglichkeit für seine Schwester und Familie anbieten würde.

„Ähm, meinst du sie sollen hier bei uns übernachten und Weihnachten feiern? Wir haben doch gar keinen Platz, es ist nichts eingekauft, wir haben keinen Baum und..."

„Ganz ruhig", unterbrach mich mein Mann, „wenn es dir zu viel ist, ist das kein Problem. Ich rufe Lisa an, die versteht das bestimmt. Ein bisschen schade wäre das schon, wir haben uns ja seit der Hochzeit nicht gesehen."

In meinem Hirn arbeitete es fieberhaft. Drei Leute über Weihnachten zu Besuch... Die Bude auf Hochglanz bringen, Kochen, Backen, Betten beziehen... Mein Hirn sagte: Och nein, das kann er nicht erwarten! Mein Herz sagte: Stell dich nicht so an, sei mal ein bisschen gastfreundlich! Wie schlimm kann es schon sein, mal für zwei Nächte Gäste zu haben!

„Weißt du mein Schatz, warum eigentlich nicht? Ich kenne deine Schwester und deinen Schwager zwar noch nicht so gut, aber das können wir ja ändern! Aber du musst mit anpacken, alleine schaffe ich das nicht!"

Freudig strahlend umarmte mich mein Mann, lag ihm doch viel daran seine Familie über Weihnachten zu sehen. Ich hatte ein leichtes ziehen im Magen. Lisa hatte ich noch nicht oft gesehen, aber sie schien ganz in Ordnung zu sein. Ihr Mann David war etwas merkwürdig, es war einer von der super genauen Sorte, der sehr perfektionistisch veranlagt schien. Auch ihre fünfjährige Tochter schien ganz nach dem Papa zu kommen. Oh je, und das an unserem ersten Weihnachtsfest zu zweit.

Wir beschlossen, erst einmal abzuwarten bis morgen. Morgen war der 23. Dezember und wenn sich nicht viel am Zustand meiner Schwiegereltern ändern würde, müssten wir morgen mit Lisa und David telefonieren und Absprachen treffen.

Am nächsten Morgen kam mein Mann zu mir.

"Also mein Schatz, Mama und Papa geht's richtig schlecht. Es ist eine heftige Magen-Darm-Grippe, sie sind Dauergast auf der Toilette. Die Armen, also Weihnachten fällt für die ins Wasser... oder besser ins Klo... Ich ruf jetzt mal Lisa an und bespreche die Lage. Vielleicht haben sie ja dann doch keine Lust mehr zu kommen wenn Mama und Papa krank sind!"

Er rief Lisa auf dem Handy an, ich wollte am liebsten gar nicht zuhören und verkrümelte mich in die Küche um die Spülmaschine auszuräumen. Nach einigen Minuten kam mein Mann ins Zimmer, ich hoffte er würde sagen: "Hach Schatz, leider wollen sie doch nicht kommen, wir sehen uns dann zu Ostern!" Stattdessen sagte er mit leichter Panik in der Stimme:

"Schatzi, du musst jetzt ganz cool bleiben. Sie sitzen schon im Auto, in drei Stunden sind sie hier. Sie wollten Mama und Papa überraschen und schon einen Tag eher kommen... Sie sind auch nicht begeistert von der Situation, Nele hat sich aber schon so auf Frankenberg gefreut, dass sie jetzt nicht mehr umdrehen wollen."

Nach kurzem Schockzustand entwarfen wir einen Plan. Ich würde mich ums Einkaufen kümmern, mein Mann wollte die Wohnung und das Bad putzen. Ein Glück hatten wir eine ausziehbare Schlafcouch im Wohnzimmer, da könnten Lisa und David schlafen, Nele würde hoffentlich mit einer Luftmatratze zufrieden sein.

In Eile planten wir das Weihnachtsmenü, das würde eben dieses Jahr nicht ganz so nobel ausfallen wie sonst bei meinen Schwiegereltern. Mit einem großen Zettel bewaffnet machte ich mich auf den Weg zu meinem Lidl. Wie erwartet war an einem Montag, den 23. Dezember schon die Parkplatzsuche eine echte Herausforderung. Als ich endlich im Lidl stand, merkte ich dass ich einen von den blauen kleineren Wagen erwischt hatte. Die waren neu, extra für die Menschen die nur ein paar Teile einkaufen wollten, aber nicht den großen Wagen vor sich herschieben wollten.

Sonst reichte mir der kleine Wagen für die Einkäufe auch oft, aber heute würde es bestimmt etwas mehr werden. Ich überlegte. Sollte ich warten bis sich die Schiebetür öffnet, und schnell mit dem Einkaufswagen raus fahren und gegen einen großen tauschen? Wie sieht das den aus, dann denken doch alle Leute das ich Diebstahl begehe wenn ich mit dem Wagen zum Eingang hinausdüse. Nein, das traute ich mich nicht. Also beschloss ich erst mal zu schauen wie viel ich im Einkaufswagen unterbringen konnte. Wenn ich merken würde, dass der Wagen zu voll wird, könnte ich ja immer noch an der Kasse vorbeigehen und einen zweiten kleinen Wagen holen. Gesagt getan, kunstvoll gestapelt und den Platz bis ins letzte ausgenutzt, reichte der Wagen gerade so aus.

Ich muss ehrlich zugeben, dass ich die eine oder andere Kleinigkeit nicht mehr in den Wagen gepackt habe. Klopapier? Ach, die vier Rollen zuhause werden ja wohl über die Feiertage reichen. Lieber noch eine Tüte Milch? Ach, was Zuhause noch steht reicht schon... So kam ich erleichtert zur Kasse, ich musste gar nicht so lange warten wie befürchtet. Anscheinend hatte ich einen fitten Kassierer erwischt. Und wie fit er war! Die Waren sausten piepsend über den Scanner, ich hatte Mühe hinterherzukommen und meine Einkäufe im Wagen zu verstauen. Jetzt merkte ich, dass es praktisch nicht möglich war, die Waren wieder so kunstvoll zu stapeln, wie ich es vorher in aller Ruhe getan hatte. Der Wagen füllte sich bedrohlich schnell und bald wuchs ein Berg auf meinem Einkaufswagen. Ich bekam Schweißausbrüche bei dem Versuch alles transportsicher so zu verstauen.

Endlich war das letzte Teil hoch oben auf dem Berg gelandet und ich bezahlte. Vor lauter Hektik brauchte ich eine Weile bis ich die richtige Pin-Nummer für die Kartenzahlung eingetippt hatte...

Stress lass nach! So, das wäre geschafft. Ich glaube jeder Akrobat hätte mich neidvoll angeschaut, wenn er gesehen hätte wie kunstvoll und mit vollem Körpereinsatz ich den Wagen zum Auto schob. Links und rechts eine Hand auf dem bedrohlich wankenden Warenberg, den Wagen mit der Hüfte schiebend erreichte ich endlich mein Auto. Ich wurde ein wenig stolz auf mich, nicht ein Teil verloren! Na, das sollte mir erst mal einer nachmachen. Blöd, dass plötzlich ein älterer Herr zu mir an den Kofferraum kam und sagte:

„Entschuldigung junge Frau, sie haben da etwas verloren!"
Er reichte mir ein Netz mit zermatschten Mandarinen, denen offensichtlich der Sturz vom Wagen nicht gut bekommen war. Ich bedankte mich freundlich und stieg schnell ins Auto ein, bevor mir noch mehr freundliche Menschen eventuell abgestürzte und demolierte Einkäufe hinterher tragen konnten.

Nachdem ich mehrmals die drei Stockwerke hoch gelaufen war, um alle Einkäufe aus dem Auto zu holen, ließ ich mich kraftlos auf einen Stuhl in der Küche fallen.

Da hörte ich meinen Mann rufen:
„Ihh, was ist denn das für eine klebrige Spur? Elena, warst du das? Mensch, ich habe gerade alles geputzt!"
Schuldbewusst schaute ich auf den Boden, und es dämmerte mir... Die zermatschten Mandarinen! Sie hatten eine schön klebrige Spur in Wohnung und Treppenhaus hinterlassen. Es half nichts, ich schnappte mir Putzeimer und Wischer und beseitigte das Missgeschick. Aber nur in der Wohnung, im Treppenhaus würde das bestimmt keiner merken, das verläuft sich bestimmt wieder...

Gegen Mittag kam unser Besuch die Treppe hoch gekeucht, sie erwartete eine glänzende Wohnung und ein tolles Mittagessen, ich war echt stolz auf uns! Als erstes erreichte die Schwester meines Mannes unsere Wohnungstür, Lisa war etwas außer Atem. Sie fiel meinem Mann und mir in die Arme.

„Ach, wie nett, dass wir bei euch übernachten können! Tja, manchmal kommt alles ganz anders als man denkt! Ich hoffe ihr habt euch nicht zu viele Umstände ge-macht…"

Ich schluckte meine ehrliche Antwort hinunter und brab-belte so etwas wie: „Ach nein, nicht der Rede wert…"

Ich konnte meinen Mann dabei nicht anschauen, denn ihm blitzte schon das höhnische Grinsen aus den Augen. Die Geschichte mit dem Einkaufswagen und dem Netz Manda-rinen wird er sich seiner Schwester gegenüber doch hof-fentlich verkneifen können… Keuchend kam David, mein Schwager, die Treppe hinauf. Er trug Nele auf dem Arm, die einen winzigen Käfig an sich drückte.

„Ufff", keuchte David, warum musstet ihr in denn unbe-dingt in den dritten Stock ziehen?"

„Warum hast du Nele denn auf dem Arm, kann sie mit fünf Jahren noch keine Treppen steigen?" fragte mein Mann und begrüßte beide.

„Ich kann schon Treppen steigen, du Dummerchen", sprach Nele, „aber auf euren Treppen war alles so klebrig, meine Schuhe werden davon ganz eklig, die sind doch neu!"

Um von der Treppe abzulenken fragte ich schnell:

„Wen hast du denn da im Käfig?"

Während wir in die Wohnung gingen, erzählte mir Nele ausgiebig von ihrem Hamster Mister X. Sie ließ ihn nie-mals alleine zu Hause, wenn sie auf Reisen ging musste er immer dabei sein. Er würde sonst die Kunststücke verler-nen die sie ihm beigebracht hatte, erklärte sie uns. Begeis-tert war ich nicht davon, aber solange dieser Mister X in seinem Käfig blieb, war mir das ziemlich egal.

Nach dem gemeinsamen Mittagessen und Berge von Gepäck hoch schleppen, saßen wir zusammen im Wohnzimmer und David erzählte ununterbrochen von dem letzten Seminar, das er gehalten hatte.

Nele hatte Mister X aus seinem Gefängnis befreit, und übte Hamsterkunststücke mit ihm. Plötzlich schaute sie auf und sagte:

„Darf ich eigentlich beim Baumschmücken helfen? Bei Oma und Opa durfte ich das letztes Jahr auch!"

Mein Mann sah mich hilfesuchend an und erklärte Nele dann, dass wir gar keinen Baum hatten, da wir ja eigentlich bei Oma und Opa feiern wollten. Nele fing sofort an zu heulen.

„Was, ihr habt keinen Weihnachtsbaum, wo soll denn dann das Christkind seine Geschenke hinlegen?"

Sie weinte immer bitterlicher, wir sahen uns ratlos an. Den Baum hatten wir in der Eile ganz verdrängt.

„Was wäre denn, wenn wir noch schnell einen Baum kaufen?" schlug mein Mann vor.

„Wo willst du denn einen Tag vor Heiligabend noch einen Baum herbekommen?", fragte David mit einem leicht besserwisserischen Ton, „ich habe eine andere Idee. Lisa Schatz, deine Eltern haben doch ihren Baum bestimmt schon gekauft, die brauchen ihn dieses Jahr sowieso nicht. So wie sich deine Mutter vorhin anhörte, feiern sie Weihnachten sowieso vor der Toilettenschüssel. Wir holen ihren Baum einfach hierher, das Kind muss doch Weihnachten einen Baum haben!"

Wir überlegten und telefonierten mit meinen Schwiegereltern. Denen war sowieso alles egal, sie wollten uns ihren Baum gerne überlassen, damit wenigstens Nele einen schönen Heiligabend hat. So fuhren mein Mann und David zu meinen Schwiegereltern und kamen eine halbe Stunde später wieder.

Es klingelte unten an der Tür, ich machte die Balkontür auf und schaute hinunter. Dort standen beide Männer mit einem ziemlich großen Baum in einem Topf. Warum mussten sie ausgerechnet dieses Jahr einen Baum im Topf kaufen? Mein Mann rief:

„Elena, das Ding ist so schwer, das kriegen wir unmöglich zum Treppenhaus hoch! Aber David hat schon eine Idee, lass uns mal machen!"

David hatte den glorreichen Einfall, den Baum mit einem Gepäcknetz aus unserem Auto zu verschnüren, und einfach über den kleinen Balkon hochzuziehen.

„Wenn wir alle mit anpacken, schaffen wir das mit dem hochziehen!" rief er mir zu.

Mein Mann holte ein langes Kletterseil aus dem Keller.

„Das ist auf jeden Fall lang genug, das müsste passen."

Ich war sehr skeptisch als ich mit ansah wie die beiden den Baum ins Gepäcknetz wickelten und das Kletterseil kunstvoll darum knoteten. Wenn das mal gut ging…

So standen wir Erwachsenen zu viert oben auf dem kleinen Balkon, das Ende des Kletterseils in der Hand.

„Alle ziehen, und los geht's!" kommandierte David.

Mit vereinten Kräften zogen wir und tatsächlich, der Baum begann zu schweben, mit jedem Ruck zogen wir ihn etwas höher. Wäre ich nicht so fertig und entnervt gewesen, hätte ich über die komische Situation lachen können. Als wir den Baum etwa auf halber Höhe hatten, gab es ein reißendes Geräusch. Das Gepäcknetz, das auch schon einige Jahre auf dem Buckel hatte, konnte dem Gewicht nicht länger standhalten. Es riss, und der Baum sauste mit einer enormen Geschwindigkeit abwärts. Mit einem lauten Knall landete er auf Nachbars neuem Motorroller, der unglücklicherweise neben der Haustür parkte.

Stille. Keiner von uns wagte ein Wort zu sagen. Ich wusste nicht ob ich lachen oder weinen sollte.

„Na, Gott sei Dank war es nur der Roller vom Nachbarn, und nicht sein Dackel!" durchbrach ich das Schweigen. Nele heulte schon wieder.

„Der schöne Baum! Ihr habt den schönen Baum kaputt gemacht!"

Eine Stunde später saßen wir erschöpft auf dem Sofa. Nachdem der Nachbar beschwichtigt und die Haftpflichtversicherung informiert war (natürlich haben wir nicht den wahren Hergang des Unglücks schildern können), der ganze Hof gekehrt war und der Baum in der Wohnung stand, lehnten wir uns seufzend zurück.

Der schöne Tannenbaum war in der Mitte durchgebrochen, so konnte er doch noch durchs Treppenhaus zu uns hoch getragen werden. Ohne schweren Topf. Es stand nun ein ramponierter anderthalb Meter Baum in unserem Wohnzimmer. Dass ich das ganze Treppenhaus kehren musste da der Baum reichlich Nadeln verloren hatte, ist ja wohl eine nebensächliche Kleinigkeit. Die eine oder andere Nadel klebte so schön fest im getrockneten Mandarinensaft, dass ich sie kaum aufkehren konnte…

Mit einer nölenden Nele („Was, so ein kleiner Baum? Außerdem sind die Äste ganz schief… Ich will nach Hause!") schmückte ich abends den Weihnachtsbaum. So kamen wenigstens meine schönen Ikea Weihnachtsbaumkugeln noch zum Einsatz. Bald darauf gingen wir alle zu Bett. Ich schlief unruhig und wälzte mich hin und her. Ich träumte, dass Nele vor uns stand und maulend sagte:

"Die blöde Luftmatratze ist kaputt. Bei Mama und Papa ist kein Platz mehr, ich schlafe bei euch!"

Dass es kein Traum war, merkte ich als ich plötzlich nachts um halb vier wach wurde, weil mir jemand ständig gegen das Schienbein trat. Nele lag neben mir und träumte anscheinend sehr lebhaft. Ich erinnerte mich dunkel, dass

Lisa mal erzählt hatte, dass sie Nele nie mit ins große Bett nehmen konnten.

Mein Mann schlief natürlich tief und fest, er bekam nichts mit. Um halb sechs, nachdem ich mehrmals durch heftige Tritte geweckt wurde, beschloss ich aufzustehen. So setzte ich mich in die Küche und las ausgiebig in der Zeitung. Um sieben Uhr stand Nele plötzlich vor mir. Sie wurde mir fast ein bisschen sympathisch, als sie sagte:

„Danke, dass ich bei euch schlafen durfte! Jetzt gucke ich erstmal bei Mister X, ob der auch so gut geschlafen hat." Nach meiner Ermahnung schön leise zu sein und Mama und Papa ausschlafen zu lassen, schlich sie hinüber ins Wohnzimmer. Kurz darauf hörte ich einen so gar nicht leisen Schrei:

„Wo ist Mister X?" Ich ging ins Wohnzimmer, Nele saß weinend vor ihrem Plastikkäfig. Lisa kniete neben ihr, während David erst langsam aufwachte. Der Käfig war leer, die Tür stand offen. Entweder war Mister X wirklich hochintelligent und konnte Türen öffnen oder Nele hatte das Türchen im ganzen Trubel nicht richtig zugemacht.

So verbrachten wir den Morgen des Heiligabends damit, Neles Hamster zu suchen. Es war mir sehr peinlich wie die Staubflocken flogen, wenn vorsichtig Sofas und andere Möbel zu Seite gerückt wurden…

Davids hochgezogene Augenbraue sprach Bände als er mit der Taschenlampe unter unserm Küchenschrank herumleuchtete um Mister X zu finden.

Nach langem erfolglosen Suchen, knurrte uns so der Magen, dass wir erstmal frühstücken mussten.

„Ach Nele", sagte mein Mann, „dein Mister X taucht schon wieder auf, keine Angst. Hier bei uns geht nichts verloren!"

Aber Nele war untröstlich.

„So ein blödes Weihnachten! Ein buckeliger Baum, eine kaputte Luftmatratze und jetzt ist auch noch Mister X weg! Warum sind Oma und Opa nur krank geworden. Da ist es viel schöner!"

Lisa schämte sich sichtlich für die Worte ihrer Tochter, David schaute so, als ob er Nele zustimmen würde. Bedrückt gingen wir alle erstmal auseinander.

Gegen Mittag kam mein Mann plötzlich merkwürdig guckend zu mir. Er flüsterte:

„Schatzi, mir ist was Schlimmes passiert... Ich wollte eben aufs Klo gehen und bück mich um den Klodeckel hoch zumachen... Da schwimmt was in der Toilette, ein kleines felliges Etwas. Vor lauter Schreck oder war es Reflex, habe ich die Klospülung gedrückt..."

„Nein", antworte ich fassungslos, „du hast Mister X umgebracht!"

„Ich glaube der war schon tot, er hat sich, glaube ich, nicht mehr bewegt. Aber raus finden können wir das nicht mehr, der schwimmt jetzt durch sämtliche Frankenberger Abwasserrohre...", sagte mein Mann.

Sein Mund verzog sich zu einem leichten Grinsen, auch ich ertappte mich bei einem leichten Lächeln. Ich hatte Bilder vor Augen wie Mister X grinsend auf einem Hamstersurfbrett durch die Rohre rauschte. Das musste wohl am Stress und Schlafmangel liegen. Sofort wurde ich wieder ernst.

„Mist, was machen wir denn jetzt? Wie bitte kommt denn ein Hamster in ein Klo? Wir können Nele doch nicht sagen was passiert ist!"

Gott sei Dank habe ich einen kreativen Mann. Er telefonierte kurz und besuchte schnell und unauffällig seinen Freund in der Ritterstraße, der mehrere Hamster besaß. Natürlich war er gerne bereit zu helfen und mein Mann durfte sich einen Hamster aussuchen, der Mister X sehr ähnlich sah. Ich überredete währenddessen David, Lisa und Nele zu einem Winterspaziergang über den Ober-markt. Als wir zurückkamen, kam mein Mann freudestrah-lend auf Nele zu.

„Hey, Nele, ob du es glaubst oder nicht, Mister X ist wie-der da! Du hast ja die Tür zum Käfig extra offen gelassen und als ich eben so reinschaue, steht er da drin an seinem Futternapf! Ich habe sofort die Tür zu gemacht."

Nele lief aufgeregt zum Käfig. Dort lag der Hamster schla-fend in seinem Hamsterbettchen.

„Ich weck ihn jetzt nicht auf", sagte Nele, „der muss sich erst mal ausruhen. Wo der sich wohl versteckt hat?"

Auch David und Lisa waren erleichtert dass sie nicht wei-tere Stunden damit zubringen mussten auf den Knien rut-schend nach Mister X zu suchen. Ich hoffte inständig, dass dieser Hamster noch lange schlafen würde und Nele nicht merken würde, dass sie das Opfer einer hinterhältigen Verschwörung geworden war.

Jetzt sehnte ich mich einfach nur nach einem ruhigen Hei-ligabend, ohne weitere Unglücke. Pustekuchen!

Als Lisa vor der Bescherung ans Auto ging um die Tasche mit den Geschenken zu holen, kam sie sehr blass und ohne Tasche wieder. Schnell klärte sich, dass die Tasche wohl noch zu Hause im Flur stand. Lisa gab David die Schuld, David gab Lisa die Schuld und so ging es hin und her.

„Schluss jetzt", donnerte mein Mann genervt los, „ist doch egal wer Schuld hat! Morgen, wenn ihr zuhause seid, könnt ihr noch genug Geschenke auspacken. Wir haben ja auch etwas für euch und Nele, das muss jetzt reichen!"

So strengten wir uns alle an, einen glücklichen Heilig-abend zu verbringen. Im Großen und Ganzen lief es gar nicht so schlecht, sieht man mal vom Gemaule Neles über den doofen Baum und die nicht vorhandenen Geschenke ab. Auch David war anzusehen, dass er das Essen nicht wirklich seiner würdig fand, und lieber Zuhause gefeiert hätte. Da, wo sein neues Tablett schön eingepackt in Geschenkpapier in einer Tasche im Flur stand und auf ihn wartete...

Als wir abends nach zu viel Rotwein ins Bett fielen, kicherten wir noch lange über die gelungene Hamster-Verschwörung. Gut , dass das Tierchen den ganzen Abend tief geschlafen hatte...

„Gott sei Dank, morgen früh reisen sie ab", seufzte mein Mann, „ dann können wir noch schön gemeinsam die Feiertage verbringen."

Am nächsten Morgen stand um halb sieben eine hungrige Nele vor meinem Bett.

„Ich hab so schlecht auf der blöden ollen Matratze geschlafen, jetzt hab ich Hunger weil ich kaum ein Auge zugemacht habe!"

Ich murmelte etwas von: „Du weißt ja wo der Toaster steht", doch als Nele schon wieder fast in Tränen ausbrach weil sie nach Hause wollte, weil hier „alles doof" ist, stand ich seufzend auf und machte ihr Frühstück.

Als die anderen um halb neun aufstanden, fanden sie eine gut gelaunte Nele vor, die auf meinem Laptop spielte. Ich hingegen war weniger gut gelaunt. Ich war müde, genervt, und hatte nur den Gedanken, dass unser Besuch bald abreisen würde.

Um halb zehn kam eine gut gelaunte Lisa in die Küche.

„Ich habe gerade mit Mama und Papa telefoniert, ihnen geht es deutlich besser. Papa sagt, dass wir vielleicht morgen, spätestens übermorgen zu ihnen kommen können! Wir können doch bestimmt noch bleiben, ihr habt ja sicher keine Termine in den nächsten Tagen, oder?"

Bestürzt und unfähig zu reagieren, starrte ich sie an.

„Klar könnt ihr bleiben", sagte mein Mann fröhlich, „ jetzt machen wir es uns nochmal richtig schön!"

Fassungslos schaute ich ihn an. Er zwinkerte mir zu, dreh-
te sich um und ging ins Bad. Nach einer halben Stunde
klopfte David an die Badtür und rief:
„Hallo mein lieber Schwager, wie wär's mal mit raus-
kommen? Andere Menschen hier haben auch ein dringen-
des Bedürfnis!"
Von innen kam eine gequälte Stimme:
„Ich würde ja gerne, aber ich komme nicht runter vom
Klo! Es geht genauso los wie bei Papa... Oh, jetzt wird
mir auch noch schlecht..."
Die Geräusche hörten sich eindeutig an, und David und
Lisa wurden blass.
Unter diesen Umständen wollten sie auf keinen Fall bleiben, sie packten in aller Eile ihre Sachen. Bloß keine un-
nötige Minute in dieser hochgradig ansteckenden Umge-
bung bleiben! Diesmal wurde auf das Meckern von Nele
keine Rücksicht genommen, die lieber noch so ein tolles
Spiel auf dem Laptop spielen wollte als nach Hause zu
fahren.
Als David, Lisa und Nele mit ihrem Hamster schließlich
im Auto saßen, war ich fertig mit den Nerven. Sie wollten
mich nicht mal zum Abschied drücken,
„Wer weiß ob du das Virus auch schon in dir hast", hatte
David gesagt und ganz angeekelt geschaut.
So waren wir endlich wieder allein, und es war doch nichts
mit geruhsamen romantischen Feiertagen. Jetzt hatte ich
einen Magen-Darm-Grippe kranken Mann zu versorgen.
Ich hätte heulen können als ich Richtung Bad ging, um
nach meinem Mann zu schauen. Da stand er, lässig lächelnd an den Türrahmen gelehnt. Verwundert schaute ich
ihn an:
„Na, du siehst aber schon wieder gut aus für das was du da
eben durchgemacht hast!"
Er lächelte mich an, und sagte:

„Du weißt doch, dass ich ein hervorragender Schauspieler bin, oder? Noch ein oder zwei Tage länger hätte selbst ich das nicht ertragen, wer weiß was noch alles passiert wäre…

Jetzt heulte ich wirklich, aber vor Erleichterung.

Wir machten uns noch zwei wundervolle Weihnachtsfeiertage, saßen vor unserem „ollen" Tannenbaum und erzählten uns Hamsterwitze.

Ach übrigens, nach zwei Tagen rief Lisa bei uns an um sich nach unserem Befinden zu erkundigen. Sie sagte:

„Es ist ganz komisch, seit wir bei euch waren ist Mister X ganz merkwürdig. Es scheint, als ob er einen Schock von seinem Ausflug davon getragen hat, er kann kein einziges Kunststück mehr! Außerdem hat er wahnsinnig zugenommen, wer weiß, was er bei euch unterm Sofa zum Fressen gefunden hat… Also, wir mussten uns erst einmal von so viel Aufregung erholen, vor allem die Nele. Nächstes Jahr feiern wir Weihnachten auf jeden Fall zu Hause."

Ja, tut das. Sehr gerne. Aber passt gut auf euren Hamster auf.

Glockenläuten

von Joachim Hesse

Martin lernte ich über einen gemeinsamen Freund kennen. Er stand kurz vor dem Abitur, ich kurz vor der Musterung beim Kreiswehrersatzamt in Kassel. Die Abende verbrachten wir meist in einer der wenigen akzeptablen Kneipen Frankenbergs, dem Havanna. Wir vertrieben uns die Zeit an der Dart-Scheibe oder beim Tischfußball spielen. Billard war nicht so unser Ding. Sein Vater war damals schon schwer krank.

Eines Abends kam Martin nicht wie vereinbart ins Havanna. Arne berichtete, dass Martins Vater gestorben sei. Ich hatte ihn nie persönlich kennengelernt, aber diese Nachricht berührte mich sehr.

In der nächsten Woche fand die Beerdigung statt. Es hatte in den Tagen zuvor geschneit. Der Schnee war liegen geblieben und reichte, um bis zu den Knöcheln zu versinken. Es pfiff ein eisiger Wind. Durch die Traueranzeige in der Zeitung wusste ich, wann die Trauerfeier im Frankenberger Stadtteil beginnen würde.

Ich hatte das Bedürfnis in Martins Nähe zu sein. Einfach mit dem Auto in den Nachbarort zu fahren, um mich unter Verwandte, Freunde und ehemalige Arbeitskollegen des Verstorbenen zu mischen, kam für mich jedoch nicht in Frage. Zu dieser Zeit kannte ich noch niemanden aus seiner Familie, zwischen uns bestand sozusagen eine reine Kneipenfreundschaft. Ich wollte auch nicht in die Gesichter der mir unbekannten Trauernden gucken müssen.

89

Dennoch wollte ich ihm nahe sein, auch wenn er davon nichts erfahren würde. Ich zog mir Schal, Mütze und eine dicke Jacke an. Ich ließ mein Auto stehen und ging stattdessen zum Schuppen um mein Mountain-Bike zum ersten Mal seit dem Herbst hervor zu holen.

„Wo willst du denn bei dem Wetter hin?", fragte mich meine Mutter.

„Ach, ich dreh mal ´ne Runde".

„Dann zieh dich aber warm an!"

Ich fuhr die alte Kreisstraße entlang und bog nach rechts in den verschneiten Weg zum Dohlenfelsen. Die Strecke kannte ich sehr gut. Früher hatten in der dortigen Grillhütte immer die Parties der Burgwaldschule stattgefunden. Mein Ritt führte mich am Aussiedlerhof und den „Weißen Bergen" vorbei, die ihrem Namen wegen des Schnees doppelt gerecht wurden.

Der Weg war teilweise so durch Schneeverwehungen bedeckt, dass ich beinahe in einen Graben gefahren wäre. Ich hielt an und stieg vom Rad ab. Meine Augen tränten von der Kälte. Aus dem Wald zu meiner Linken war ein Vogel zu hören. Außer einer Hochspannungsleitung gab es kein Anzeichen von Zivilisation. Selbst das vereinzelte Rauschen der Autos auf der Bundesstraße hinter dem nächsten Hügel war kaum wahrnehmbar.

Ich entschloss mich weiter zu fahren. Nach wenigen Minuten konnte ich die ersten verschneiten Dächer des Dorfes sehen. Das war der ideale Platz. Mit dem rechten Fuß klappte ich den Fahrradständer um und zog meine Mütze noch etwas tiefer ins Gesicht. Ich stellte mich, die Arme vor der Brust verschränkt, neben mein Rad, den Blick zu den 50er-Jahre-Häuschen gerichtet.

Mit dem rechten Zeigefinger grub ich die Uhr unter meinem linken Handschuh frei. Bald würde die Beerdigung beginnen. Sicher war die kalte Friedhofskapelle schon gut gefüllt. Die Glocken begannen zu läuten. Ich schloss die Augen. Plötzlich merkte ich, dass ich genau auf diesen Moment gewartet hatte. Es gab nur noch den Wind, die Kälte und die Glocken – alles andere war einfach ausgeschaltet. So verharrte ich für einige Minuten. Als es aufhörte zu läuten fuhr ich mit der Gewissheit nach Hause, einen ganz speziellen Moment erlebt zu haben.

Martin habe ich erst Jahre später davon erzählt.

Weihnachtsfest mit Schwiegermutter

von Tanja Schwarz

Ich freute mich schon lange auf den großen Tag, endlich war es soweit, im Oktober 1973 heiratete ich meinen Werner. Ich war damals zwanzig Jahre alt und es bot sich an, zur Schwiegermutter nach Röddenau zu ziehen. Der Vater meines Mannes war leider schon vor elf Jahren plötzlich verstorben, mit 42 Jahren war meine Schwiegermutter schon Witwe und mein Mann vaterlos. Deshalb dachten wir, dass sich meine Schwiegermutter bestimmt sehr freuen würde, uns um sich zu haben.

Das Haus in Röddenau hatte zwei separate Wohnungen und gefiel mir wirklich gut. Hier wollte ich für uns beide ein schönes Heim erschaffen. Ein kleines bisschen mulmig war mir schon bei der Sache, da meine Schwiegermutter nicht gerade ein einfacher Mensch war. Aber mit den besten Vorsätzen einer jungen Ehefrau schob ich alle Bedenken zur Seite. Mein Mann würde schon hinter mir stehen, wenn es zu Streitigkeiten kommen sollte.

Direkt nach der Hochzeit im Oktober zogen wir in unser neues Heim, anfänglich lief die Beziehung zu meiner Schwiegermutter gar nicht so schlecht. Sie war zwar sehr distanziert, aber das war mir lieber so, als wenn sie zu aufdringlich gewesen wäre.

Wir verbrachten ein schönes erstes Weihnachtsfest als frischgebackenes Ehepaar zusammen. Am 2. Weihnachtsfeiertag war es Tradition in Röddenau, dass sich das Dorf abends in der Gaststätte Weller traf, um miteinander gut zu essen, zu trinken und Spaß zu haben. Ich war etwas aufgeregt, als junge Bottendorferin kannte ich noch nicht viele Röddenauer und wollte natürlich auf alle einen guten Eindruck machen. Denn wer möchte schon, dass Leute hinter vorgehaltener Hand tuscheln:

„Na, was hat sich der Werner denn da für eins angelacht…"

So verließen wir abends das Haus zu dritt, um zu „Wellersch" zu gehen. Da entdeckte meine Schwiegermutter den weißen VW ihres „guten Freundes" Friedhelm auf dem Hof ihrer Freundin.

Bis heute weiß keiner so genau, wie eng die Beziehung meiner Schwiegermutter zu diesem Friedhelm war. Auf jeden Fall beschloss sie sofort, ihrer Freundin erstmal einen kurzen Besuch abzustatten.

„Geht schon mal vor", sagte sie, „ich komme bald nach!" Sie rannte eiligen Schrittes auf das Haus zu und verschwand darin.

Schnell liefen wir durch die Kälte und kamen bei Wellers an, der Gastraum war voll mit mir unbekannten Leuten. Wir setzten uns erst einmal an einen großen Tisch und ich kam höflich ein wenig ins Gespräch. Nach einiger Zeit ging ich auf die Toilette, als ich zur Toilettentür herauskam, stand plötzlich eine ehemalige Bekannte aus der Berufsschule vor mir.

„Was macht denn ein Bottendorfer Mädchen hier in Röddenau?", fragte sie überrascht.

Ich erzählte ihr, dass ich und Werner im Oktober geheiratet hatten und wir jetzt bei meiner Schwiegermutter im Haus lebten.

„Das Wiedersehen müssen wir feiern", sagte sie, „an unserem Tisch ist noch Platz frei! Meine Schwägerin Greta sitzt auch da, wir können uns schön unterhalten!"

Ich freute mich sehr über die Einladung, auch mein Mann kam gerne dazu und setzte sich mit mir an den Nachbartisch. Wir unterhielten uns über alte Berufsschulzeiten, neben mir saß ihre Schwägerin Greta. Auch wir machten uns miteinander bekannt, dann sagte sie:

"Gut, dass deine Schwiegermutter nicht da ist! Sie kann mich überhaupt nicht leiden, sie würde dir die Haare vom Kopf reißen wenn sie sehen würde, dass du neben mir sitzt! Sie hat wohl etwas mit Friedhelm angefangen, aber keiner weiß das so genau. Und Friedhelms weißer VW steht öfters mal bei uns auf dem Hof, mein Mann und er sind Freunde. Aber deine Schwiegermutter will das nicht so recht glauben, sie dichtet Friedhelm und mir ein Verhältnis an, so ein Blödsinn. Aber ich sage dir, wenn Blicke töten könnten wäre ich schon nicht mehr am Leben…"

Sie erzählte mir noch einige Dinge über meine Schwiegermutter, die ich lieber nicht gehört hätte. Hilfesuchend hielt ich nach meinem Mann Ausschau, aber der verschwand gerade zur Toilette.

Dann geschah etwas, das ich in meinem ganzen Leben nicht vergessen werde und meinen Enkeln noch erzählt habe.

Plötzlich ging die Tür auf und meine Schwiegermutter stand im Raum, dick eingepackt in ihren schwarzen Persianer-Mantel, den sie so sehr liebte. Sie hatte bei Kälte immer ein rotes Gesicht, aber als sie mich neben Greta sitzen sah, wurde ihr Gesicht knallrot vor Zorn. Nie werde ich diese roten, leuchtenden Backen über dem dicken schwarzen Pelzmantel vergessen.

Es war ruhig geworden, als meine Schwiegermutter festen Schrittes auf mich zukam, verstummte sofort jedes Lachen und Gespräch, Angstvoll schaute ich mich um, in diesem Moment kam mein Mann von der Toilette zurück. Er sah nur den schwarzen Persianer-Mantel und sofort war er wieder auf der Toilette verschwunden…

Meine Schwiegermutter tippte mir mit Schwung den Zeigefinger an die Stirn und sagte sehr laut:

„Und du, du hast sie auch nicht mehr alle!", drehte sich im Gehen um und rauschte hinaus.

Direkt in meinem Blickfeld saß ein Pärchen, nie werde ich vergessen, wie ungläubig sie schauten und unverständlich und mitleidig immer wieder den Kopf schüttelten.

Ich wäre vor Scham am liebsten im Boden versunken, als mein Mann wieder von der Toilette auftauchte, hatte ich Tränen in den Augen. Er tröstete mich so gut es ging, auch ihm war es sichtlich unangenehm. Greta sagte entschuldigend:

„Hab ich doch gesagt, dass es deiner Schwiegermutter nicht gefallen würde, dass du neben mir sitzt…"

Ich konnte es schwer fassen, dass meine Schwiegermutter so ein Theater machte, nur weil ich neben Greta gesessen hatte, die sie nicht leiden konnte.

„Na ja", dachte ich im Stillen, „das renkt sich bestimmt schnell wieder ein!"

Trotzdem ließen wir uns die Stimmung nicht verderben und feierten ausgelassen. Gegen halb drei machten wir uns auf den Heimweg, als wir feststellten, dass wir nur einen Schlüssel für die Haustür hatten und diesen hatte meine Schwiegermutter mitgenommen.

Vor unserem Haus stand der weiße VW von Friedhelm. Es war uns sehr unangenehm, aber es half nichts, wir mussten klingen. Nach einiger Zeit kam meine Schwiegermutter an die Tür, ich sagte artig:

„Dankeschön!" Ohne ein Wort zu sagen rauschte sie geradeaus in ihre Wohnung, und wir schlichen die Treppe zu unserer Wohnung hoch.

Meine Schwiegermutter behandelte mich in den folgenden Wochen wie Luft, sie sprach kein einziges Wort mit mir. Wenn wir uns im Keller begegneten, tat sie als ob sie mich nicht sehen würde. Wenn wir uns im Dorf trafen, wechselte sie die Straßenseite und schaute weg. Das ging tatsächlich bis Ostersamstag so, ein viertel Jahr lang hat sie kein einziges Wort mit mir gewechselt.

Am Ostersamstag 1974 verstarb meine Oma in Bottendorf. Wir hatten Übernachtungsbesuch wegen der Beerdigung und ich wollte Fleisch aus der Tiefkühltruhe im Keller holen. Dort traf ich meine Schwiegermutter, sie sah mich an und wollte wissen, warum ich so schwarz angezogen sei.

Ich sagte: „Meine Oma Marta in Bottendorf ist gestorben, morgen ist Beerdigung."

„Ach", sagte sie, „dann kann der Werner mich ja morgen mitnehmen zur Beerdigung!" und rauschte davon.

Sie hatte tatsächlich wieder mit mir gesprochen, das musste ich erst einmal realisieren. Auf der Beerdigung verhielt sie sich dann, als wäre nie etwas vorgefallen. Kurz bevor sie ging, rief sie über den Tisch hinweg:

„Wann kommt ihr zum Schlafen nach Hause? Ihr kommt doch nicht so spät, ich bin sonst ganz allein in dem großen Haus!"

So etwas hatte sie noch nie gesagt, und ich war total irritiert von dieser Aussage.

Wir haben später nie über das Geschehen am 2. Weihnachtstag bei Wellers gesprochen.

Es gab noch viele andere Situationen, in denen meine Schwiegermutter mich sehr verletzt hat und fast bösartig war. Sie hat mich oft zum Weinen gebracht. Aber Tote soll man ruhen lassen und deshalb will ich auch nicht mehr davon erzählen, obwohl ich ein ganzes Buch schreiben könnte.

1987 wurde meine Schwiegermutter sehr krank. Acht Monate pflegte ich sie, wickelte ihr morgen und abends Verbände um die offen gelegenen Beine. Während ihrer schweren Krankheit wurde sie immer stiller und freundlicher, kurz vor ihrem Ende hat sie sogar gesagt:

„ Ich bin so froh, dass ich dich habe..." Mit nur 62 Jahren starb sie.

Ich habe mir immer geschworen, dass ich niemals so ein Schwiegerdrache werden würde. Als ich diesen Satz meiner Schwiegertochter am Ende dieser Geschichte gesagt habe, hatten wir beide Tränen der Rührung in den Augen. Sie hat mich umarmt und mir gesagt, wie gern sie mich hat und, dass ich alles richtig gemacht habe.

Es gibt also auch Geschichten von Schwiegermüttern die sehr gut ausgehen...

Ende einer Weihnachtstradition

von Joachim Hesse

Anna Neumann lebt, seit dem Tod ihres Mannes Friedrich, alleine in einer Reihenhaushälfte im Frankenberger Rosenweg. Die beiden waren nach dem Krieg aus dem Sudentenland geflüchtet und schließlich in Nordhessen gelandet. Zunächst hatte das Paar in Gemünden gewohnt. Man hatte ihm schließlich eine interessante Stelle bei der Bahn in Frankenberg angeboten, daher entschlossen sich die Neumanns zum erneuten Umzug. Täglich zu pendeln, so etwas kam damals noch nicht in Frage, daher verließen sie Gemünden, obwohl sie schon beinahe heimisch geworden waren.

Regelmäßiger Besuch von Verwandten und Freunden war dem leider kinderlos gebliebenen Paar sehr wichtig. Zur guten Tradition wurde das gemeinsame Essen, alljährlich am zweiten Weihnachtsfeiertag mit Frank, Michael, Gerd und deren Familien.

Die drei sind die Enkel von Annas Cousine und bedeuten ihr mindestens genauso viel wie eigene Enkel. Ihre "Jungs" wie sie die drei liebevoll bezeichnet sind ihr Ein und Alles.

Sie für den Tag, der irgendwann kommen sollte, als alleinige Erben einzusetzen war für Anna eine Selbstverständlichkeit.

Diese Selbstverständlichkeit schmierte sie den dreien ungefähr seit ihrem 80. Geburtstag bei fast jedem Besuch oder Telefonat auf`s Brot.

"Wenn ich mal nicht mehr da bin denkt ihr mal an mich, denn ich habe dann auch an euch gedacht", wurde zu ihrem Standardsatz.

23.12. ++ 20:08 Uhr ++ Frankenberg/Eder + +

Rosenweg 49

Nach einem längeren Krankenhausaufenthalt im Frühjahr dieses Jahres ist Frau Neumann ständig auf Hilfe angewiesen. Der Pflegedienst kommt mittlerweile morgens und abends zu ihr, mittags erhält sie Essen auf Rädern. Außerdem ist da noch Helmut Jäger aus der Nachbarschaft, der sich um sie kümmert. Sie ist glücklich ihn zu haben, da ihr der deutlich jüngere Rentner viel Arbeit abnimmt und ihr ein gewisses Sicherheitsgefühl gibt. Die "vielen Einbrecher die heutzutage unterwegs sind" ängstigen sie.

Helmut hingegen macht es viel mehr Angst mit anzusehen, wie schnell es mit seiner Nachbarin bergab geht. Aus seiner Sicht ist das kein Leben mehr, nur noch ein Überleben. Es tut ihm in der Seele weh, zu sehen, dass die ehemals so agile Dame körperlich immer weniger wird.

Er weiß, dass sie das nicht wahrhaben will. Gerd, Frank

und Michael gegenüber gibt sie sich immer noch stark und unverwundbar, aber da die drei regelmäßig von ihm auf dem Laufenden gehalten werden, sind sie immer auf dem neuesten Stand und wissen, wie schlecht es um ihre Tante wirklich bestellt ist.

Nach dem abendlichen Besuch der Caritas schaut Herr Jäger immer noch ein Mal nach dem Rechten. Meistens liegt Anna dann bereits im Bett und sieht sich die Tagesschau an, manchmal schläft sie bereits, wenn er seine Runde dreht.

Herr Jäger betritt das Haus stets durch den Hintereingang, der Schlüssel befindet sich, wie mit dem Pflegedienst besprochen unter einem Blumentopf auf der Fensterbank. Anna vertraut dieser Methode auch wenn sie weder bei den Mitarbeitern der Caritas, noch bei Jäger oder "ihren Jungs" auf viel Gegenliebe stößt.

"Frau Neumann, wie geht es ihnen?" rief der Nachbar als er das Haus vom Garten aus betrat.

Keine Reaktion. Auch der Fernseher, der sonst um diese Zeit das halbe Haus beschallte, war bereits ausgeschaltet.

"Na Anna, altes Mädchen ist doch jedes Jahr dasselbe kurz vor Weihnachten. Kein Grund zur Aufregung auch wenn die Jungs am 26. zum Essen kommen", sprach er leise vor sich hin als er die Wohnung durch die Hintertür verließ, um sich für einige Sekunden erneut dem ungemütlichen Schneeregen auszusetzen. Den Schlüssel legte er wieder an seinen Platz, damit Schwester Sabine, die morgen am Heiligabend den Frühdienst übernehmen sollte, wie gewohnt ins Haus kommen könnte.

Jäger hatte das Grundstück kaum verlassen, da griff eine weitere Person nach dem Schlüssel unter dem Blumentopf.

Das Versteck war dem Mann bestens bekannt, außerdem hatte er den genauen Zeitpunkt des Rituals mehrfach beobachtet und wusste was zu tun war, um diesen Abend so ausklingen zu lassen wie er es vorgesehen hatte. Die Anleitung bekam man in jedem Vorabend-Krimi geliefert.

Um Fingerabdrücke zu vermeiden trug er Lederhandschuhe, als Tatwaffe sollte ihm sein Schal dienen. Mit einer Taschenlampe tastete sich der Eindringling bis zum Schlafzimmer seines Opfers vor. Im Haus kannte er sich gut aus.

Anna Neumann schlief, sie atmete ruhig und gleichmäßig. Der Unbekannte war kein Profi. Um sein Vorhaben nicht noch kurz vor dem Ziel zu verwerfen, schritt er zügig zur tat.

Er beugte sich über die alte Dame und drückte ihren Unterkiefer fest auf den Oberkiefer. Auf diese Weise wurde der Hals gestreckt und leicht nach hinten gebogen um ihr das Atmen zu erschweren. Gleichzeitig presste der Mann seinen Schal minutenlang auf Mund und Nase der 87-Jährigen.

24.12. ++ 7:25 Uhr ++ Frankenberg/Eder ++

Rosenweg 49

Schwester Sabine zog den Schlüssel aus seinem Versteck und betrat das Haus.

Sie bereitete das Frühstück für Frau Neumann vor und machte sich dann auf zum Schlafzimmer um sie zu wecken.

"Guten Morgen Anna", rief Schwester Sabine und erhielt keine Reaktion. Schnell fiel ihr auf, dass Anna ungewöhnlich weit links im Bett lag.

Sie näherte sich dem Bett und hielt ein Ohr über Annas Mund, während sie versuchte den Puls der alten Dame festzustellen.

24.12. ++ 11:20 Uhr ++ Frankenberg/Eder ++

Jägers Wohnung

Helmut Jäger betätigte zum dritten Mal den roten Knopf auf seinem Telefon. Michael konnte er als letzten der Drei erreichen. Auch wenn ihm der Polizist angeboten hatte die nächsten Angehörigen zu informieren, war es Jäger ein Bedürfnis dies selbst zu übernehmen.

Er tat es in dem beruhigenden Bewusstsein, dass Anna nun erlöst war.

Übermorgen, am zweiten Weihnachtstag sollte eigentlich das traditionelle Essen mit Annas Neffen stattfinden. Der Tisch im „Alten Bahnhof" in Gemünden wurde bereits beim letzten Essen im vergangenen Jahr für dieses Mal reserviert.

Jäger hatte vorgeschlagen, sich dennoch am 26. zu treffen. Gerd, Frank und Michael stimmten zu, nachdem sie die Nachricht von Tante Annas Tod gefasst aufgenommen hatten. Alle drei wussten durch die häufigen Anrufe des Nachbarn, wie schlecht es um sie bestellt war und wie sehr sie sich quälte.

26.12. ++ 12:15 Uhr ++ Gemünden/Wohra ++

Gastwirtschaft Alter Bahnhof

Gut zwanzig Minuten wartete Jäger nun schon. Ihm machte die Verspätung nichts aus, er hatte aufgrund der zum Teil weiten Anreise von Gerd, Michael und Frank Verständnis dafür, dass sie noch nicht eingetroffen waren.

"Guten Tag, Herr Jäger!" Frank traf als erster ein, er hatte seine Frau Judith kurzfristig mitgebracht.

"Hallo Judith! Hallo Frank! Ich dachte schon sie lassen mich hier alleine sitzen", scherzte er.

"Nein, das hatten wir nicht vor, auch wenn der Anlass unseres Besuches kein erfreulicher ist", sagte Frank, der mit seiner Frau aus Rüdesheim angereist war und von dort aus in der Weinbranche tätig war - wie könnte es anders sein.

Judith hasste es, dass ihr Mann selbständig war. Was, wenn er längere Zeit krank werden würde? Mit 52 war er nicht mehr der Jüngste und die Geschäfte liefen sowieso alles andere als rosig. Außerdem machte es sie krank vor Eifersucht, dass er ständig im kompletten süddeutschen Raum unterwegs war und sie nicht immer wusste wo er sich gerade herumtrieb. Ihre Ehe existierte nur noch auf dem Papier.

"Das ist richtig, der Anlass ist grundsätzlich nicht erfreulich. Glauben Sie mir, es war wirklich das Beste, was ihrer Tante passieren konnte. Jetzt ist ihr wohl."

"Ja, da haben Sie bestimmt recht. Ich konnte zuletzt vor einigen Tagen mir ihr telefonieren, sie klang sehr erschöpft und machte mir den Eindruck, keine Kraft mehr zu haben. Es schien mir als würde sie wissen, dass es zu Ende geht. Als dann vor einem Monat noch ihre beste Freundin gestorben ist, das muss ihr wohl den letzten Mut genommen haben", sagte Frank.

Judith überlegte, wann er mit seiner Tante gesprochen haben könnte. Es gab doch keinen Grund, dass er ihr ein Telefonat mit Tante Anna verheimlichte...

Herr Jäger staunte ebenfalls. Frau Neumann hatte gar nicht erwähnt, dass sie kürzlich von einem ihrer Lieblinge angerufen worden war. Aber es musste stimmen, da er wusste, dass ihre beste Freundin Martha kürzlich gestorben war.

Nun betraten auch Gerd und Michael das Lokal. Gerd lebte in Siegen und arbeitete als Hausmeister einer Mittelpunktschule, Michael war in Biedenkopf beim Lahn-Echo tätig. Beide waren, wie nicht anders zu erwarten, gemeinsam nach Gemünden gefahren. Die zwei Jüngsten waren schon in ihrer Kindheit unzertrennlich.

Man begrüßte sich herzlich. Eine junge Bedienung kam an den Tisch um die Getränkebestellungen entgegen zu nehmen.

Als Herr Jäger die Nachricht von Tante Annas Tod telefonisch an die drei Angehörigen weitergegeben hatte, beschränkte er sich auf das Wesentliche und sagte zu, sich um alles zu kümmern, bis sie in der Stadt eintrafen.

"Da nun alle hier sind", begann Jäger, "möchte ich gerne zum offiziellen Teil übergehen. Oder sollen wir warten bis wir gegessen haben?"

"Herr Jäger, sie machen es aber spannend. Es kann sich doch nur um ein paar Formalitäten handeln, so schlimm wird es schon nicht sein", scherzte Frank.

"Nun ja, dies zu beurteilen überlasse ich Ihnen", fuhr er fort.

Die Getränke wurden gebracht und das Essen geordert.

"Wie ich Ihnen bereits am Telefon sagte, wurde ihre Tante von Schwester Sabine gefunden. Wie üblich betrat sie das Haus gegen halb acht. Anna lag noch im Bett und schlief, so sah es zumindest auf den ersten Blick aus, doch der erste Eindruck täuschte", die vier hörten gespannt zu.

"Ihre Tante atmete zu diesem Zeitpunkt bereits nicht mehr. Die Krankenschwester rief sicherheitshalber den Notarzt, da sie genaue Vorgaben hat, wie sie sich in so einer Situation verhalten muss".

Jäger räusperte sich und trank einen Schluck Wasser.

"Dr. von Bülow konnte nur noch den Tod feststellen. Zunächst musste man davon ausgehen, dass Anna im Schlaf gestorben ist und am nächsten Morgen einfach nicht mehr aufwachte. Den schönsten Tod, den man sich vorstellen kann. Finden sie nicht auch?" Judith, Frank, Gerd und Michael empfanden diese Bemerkung als etwas zu makaber, ihnen gefiel nicht wie er sie dabei ansah und den Tonfall seiner Stimme veränderte.

"Aufgrund der ungewöhnlichen Kopfhaltung Ihrer Tante, kamen dem Notarzt jedoch Zweifel, ob es sich tatsächlich um einen natürlichen Tod handelte!"

Er hatte lange gewartet, bis er diesen Satz aussprach und die Anwesenden ausführlich beobachtet, während er eine gewisse Spannung aufbaute. Die vier schauten sich und den Nachbarn ungläubig an. Jetzt hatte er sie genau dort wo er sie haben wollte.

"Das kann doch nicht sein! Wie kommt der Arzt denn auf so eine Idee?" empörte sich Gerd.

"Wer sollte denn so etwas machen?" rätselte Michael.

"Ach, regt euch doch nicht auf. Die wollten doch bestimmt nur auf Nummer sicher gehen. Reine Routine. Was meinen Sie, Herr Jäger?", fragte Frank.

"Tja, wenn ich das wüsste", gab er sich geheimnisvoll.

"Merkwürdig kommt es mir schon vor. Aber für Spekulationen solcher Art werde ich nicht bezahlt, dafür sind andere zuständig. Morgen um 9:30 Uhr bittet Sie Kommissar Keller von der Frankenberger Polizeistation zu sich. Er und seine Kollegen fragen sich nämlich ebenfalls, wer so etwas macht."

"Was will der denn von uns?" echauffierte sich Frank.

"Bestimmt nur auf Nummer sicher gehen, reine Routine", gab Helmut Jäger ein wenig verschmitzt als Antwort.

Das Essen wurde gebracht.

Während sie aßen versuchten sie krampfhaft über andere Dinge zu reden.

Frank zog Michael auf, weil der mal wieder solo war.

Michael meinte zu hören, dass Gerd nach nun fast zwanzig Jahren in Siegen immer mehr in den dortigen Dialekt verfallen sei.

Gerd schließlich machte sich über die Leistung der von Frank geliebten Frankfurter Eintracht lustig.

So verging die Zeit bis zum Nachtisch, Judith war das Verhalten der drei sichtlich unangenehm.

Nach dem Essen wollten Michael, Gerd und Frank noch auf einem der Feldwege rund um Gemünden spazieren gehen. Judith war es dafür entschieden zu kalt, außerdem begann es langsam aber sicher zu schneien. Sie entschied sich zurück in die Pension „Zum Edertal" zu fahren, in der alle vier in den nächsten Tagen untergebracht waren. Sie nahm Franks Auto und lieferte Jäger unterwegs im Rosenweg ab.

Schweigend gingen die drei am Waldrand entlang. Als sie an einer alten Buche stehen blieben durchbrach Gerd die Stille.

"Komischer Kauz, dieser Jäger", stellte er fest und fand Zustimmung bei seinen Brüdern.

"Ja, da stimmt was nicht", ergänzte Frank. "Mir kommt es beinah so vor, als würde er uns etwas verheimlichen."

"Meinst du, er verdächtigt uns?" fragte Michael.

"Das habe ich nicht behauptet, aber ich will es nicht ausschließen, dass er in diese Richtung denkt."

27.12. ++ 9:37 Uhr ++ Frankenberg/Eder++

Polizeistation Breslauer Straße

"Entschuldigen Sie meine Verspätung, aber ich habe noch auf einen Bericht aus unserer medizinischen Abteilung gewartet, der sie sehr interessieren wird. Mein Name ist Bernd Keller.

Ich bin leitender Kommissar, der Kommission, die sich mit dem Tod ihrer Tante beschäftigt. Zunächst möchte ich

Ihnen mein Beileid aussprechen."

Keller gab jedem der Anwesenden, die auf Stühlen vor seinem Büro gewartet hatten, die Hand.

Seine Beileidsbekundungen waren reine Routine, da er sich noch mitten in den Ermittlungen befand, stand Keller den Angehörigen zunächst skeptisch gegenüber.

Der Kommissar führte die vier in sein Büro.

"Nehmen Sie doch bitte Platz. Der Kaffee auf den Tischen steht Ihnen zur freien Verfügung, das Rauchen ist hier nicht gestattet. An meiner Seite wird mein Kollege Thomas Nord sitzen und die eine oder andere Notiz machen. Des Weiteren möchte ich Sie darauf hinweisen, dass ich unser Gespräch aufzeichnen werde.

"Guten Morgen", sagte Nord, ehe sein Vorgesetzter erneut das Wort ergriff.

Ohne lange um den heißen Brei herumzureden kam Keller gleich zur Sache.

"Zunächst habe ich leider eine unschöne Information für Sie. Wie ich soeben erfahren habe, müssen wir davon ausgehen, dass Anna Neumann keines natürlichen Todes gestorben ist! Wir gehen von Fremdeinwirkung aus!"

Nun war es ausgesprochen. Dieser Verdacht, geäußert durch einen Kommissar, schriftlich festgelegt in einem offiziellen medizinischen Bericht, traf die Angehörigen noch härter als die vagen Vermutungen des Nachbarn.

"Was soll das heißen? Sind Sie sicher?", empörte sich

Frank.

"Momentan deutet es daraufhin, dass Ihre Tante erstickt wurde. Vermutlich wurde dazu ein Hilfsmittel verwendet. In ihrem Gesicht, so wie in ihrem Mund konnten die Kollegen braune Baumwollfasern nachweisen. Vermutlich hat der Täter einen Pullover, einen Schal oder eventuell eine Mütze als Tatwerkzeug benutzt. Keine schlechte Idee, oder?"

Keller blickte in die Runde, um zu sehen, für welche Reaktionen seine Worte sorgten.

Gerd nippte an seinem Kaffee. Frank starrte regungslos geradeaus. Michael hielt den Kopf in seinen Händen gestützt und hatte die Augen gesenkt, während Judith mit den Tränen rang.

"Unsere Arbeit", Keller zeigte auf sich und den jüngeren Nord, "sieht es vor, in alle Richtungen zu ermitteln, daher werden wir nun jeden Einzelnen von Ihnen befragen, wo er oder sie sich zur möglichen Tatzeit aufgehalten hat, das heißt zwischen den beiden Besuchen des Pflegedienstes. Vermutlich können wir den Todeszeitpunkt noch genauer einschränken. Ihre Tante ist nach aktuellem Kenntnisstand unmittelbar nach dem abendlichen Besuch der Caritas zu Tode gekommen. Natürlich sind wir für Nachweise oder Zeugen, die Ihre Aussagen bekräftigen können, immer sehr dankbar. Selbstverständlich haben Sie das Recht zu schweigen. Dies ist tatsächlich richtig, im Gegensatz zu vielen anderen Dingen, die uns die amerikanischen Krimis weis machen wollen."

Frank schüttelte den Kopf.

"Wir sind doch keine Schwerverbrecher", gab Michael zu Protokoll und schlug mit der Faust energisch auf den Tisch.

"Ich bitte Sie, Kommissar Keller und ich tun nur unsere Pflicht", sagte Nord besänftigend und schaffte es, die Situation wieder zu beruhigen.

Keller stimmte ihm zu. "Haben Sie doch bitte Verständnis. Wir werden nun beginnen. Wie Ihnen sicherlich bekannt ist, sollten Ihre Angaben den Tatsachen entsprechen, da wir uns, wenn dies nötig sein sollte, gerne eine zweite Meinung zu Ihren Aussagen einholen. Ich denke Sie verstehen was ich damit sagen will."

Er machte eine kurze Pause.

"Ach, um Rückfragen vorzugreifen, möchte ich erwähnen, dass es hier nicht von Bedeutung ist, dass Sie teilweise doch recht weit entfernt von Frankenberg wohnen oder arbeiten."

Judith ging mit Nord in dessen Zimmer. Frank blieb bei Keller. Unter Aufsicht mussten Michael und Gerd getrennt von einander warten bis sie aufgerufen wurden.

Frank gab an, dass er als freier Handelsvertreter für verschiedene Weinhändler aus dem Raum Rüdesheim tätig sei. Er betreue den süddeutschen Raum, sowie das komplette Bundesland Hessen.

"Stets zu Ihren Diensten von Kassel bis Basel", lautete sein etwas holprig daher kommender Wahlspruch. Auf Nachfrage teilte er Keller mit, dass die Geschäfte seit einiger Zeit sehr schleppend liefen.

Zur Tatzeit, am Abend des 23.12., übernachtete er im Freiburger Hotel "Badener Hof", da er sich auf einer mehrtägigen Geschäftsreise befand. Am frühen Morgen des folgenden Tages hatte er die Heimreise angetreten.

Seine Frau sagte, dass sie jedes Jahr im Herbst bzw. Winter einen Kurs an der Volkshochschule besuchte. Da ihr Mann kein großes Interesse mehr an ihr zeigte, war dies zu einer Art Hobby geworden. Auch die Fahrt nach Frankenberg habe sie hauptsächlich mitgemacht, um etwas für die Ehe zu tun und natürlich um zu wissen, was er anstellte.

Keller bat Michael zu sich. Nord nahm sich Gerd an.

"Herr Keller, eins will ich Ihnen gleich vorweg sagen, es gefällt mir nicht, dass ich mich hier rechtfertigen muss. Zum Glück sitzen wir zwei jetzt nicht in Biedenkopf zusammen. Da kennt jeder jeden. Und ich als Lokalredakteur..." Michael redete sich in Rage.

"Bitte, so beruhigen Sie sich doch! Wo waren Sie am Abend des 23.?"

"Ich war beim traditionellen Wintervergnügen des Altstadtvereins, ob Sie es nun glauben wollen oder nicht. Ach ja, der Nachweis dürfte heute schwarz auf weiß in der aktuellen Ausgabe des Lahn-Echos zu finden sein."

Er verließ den Raum, ohne eine Reaktion von Kommissar Keller abzuwarten. Michael hatte gesagt was er zu sagen hatte.

Er ging direkt in den Innenhof des Gebäudes und zündete sich eine Zigarette an.

Das Gespräch, wenn man es als solches bezeichnen möchte, zwischen Nord und Gerd verlief weitaus ruhiger.

Gerd kramte schlicht und ergreifend eine Kinokarte aus
seinem Geldbeutel hervor und lieferte so eine Antwort und
gleichzeitig einen Nachweis.

Spätvorstellung, irgendein Star Trek-Teil, Cinecenter Siegen.

"Davor war ich mit einer ehemaligen Klassenkameradin
Dagmar Istenic im "La Spezia" essen. Wir haben uns kürzlich bei einem Klassentreffen wieder gesehen, sie war mit
einem Kroaten verheiratet und..."

"Danke, ich denke das tut nichts zur Sache. Geben Sie mir
bitte noch die Telefonnummer von Frau Istenic. Sie wissen
schon, reine Routine!"

27.12. ++ 13:02 Uhr ++ Frankenberg/Eder ++

Auf dem Weg zum Restaurant "Ratsschänke"

Nord und Keller mussten mal raus. Sie beschlossen, dass
sie sich ein ordentliches Mittagessen verdient hatten, wenn
sie schon den Dienst zwischen Weihnachten und Silvester
komplett übernehmen mussten.

Nachdem es in den letzten Tagen zunächst ein wenig
Schneeregen gab und es gestern kurz geschneit hatte, war

heute leichter Nieselregen angesagt. Die beiden blieben dennoch bei ihrem Entschluss, zur "Ratsschänke" zu laufen. Auf dem Weg zu der in der Altstadt gelegenen Gaststätte tauschten sie sich über die Gespräche des Vormittags aus.

Fakt war: Anna Neumann war keines natürlichen Todes gestorben.

Fakt war auch, dass der Nachbar für sich kein Alibi liefern konnte, da er wie die Ermordete alleine lebte. Schon merkwürdig wie oft er betont hatte, dass ihr nun „wohl sei". Aber war das wirklich wichtig?

Die drei Neffen schienen eher verdächtig, schließlich gab es auch ein kleines Vermögen, das Haus und ein unbebautes Stadtgrundstück zu erben.

Nun ging es darum, die getätigten Aussagen zu überprüfen, aber dies sollte Zeit haben bis nach dem Mittagessen.

28.12. ++ 16:30 Uhr ++ Frankenberg/Eder ++

Polizeistation Breslauer Straße

"Wir haben Sie heute erneut eingeladen, um Ihnen die ersten Ergebnisse unserer Ermittlungen bekannt zu geben".

Keller las vor, was die Überprüfungen der Alibis ergeben hatten.

"Ich gehe in beliebiger Reihenfolge vor, ich hoffe auf Ihr Verständnis."

Der Kommissar schaute Judith mit festem Blick an.

"Als erstes hätten wir den Volkshochschulkurs "Japanisch für Anfänger" an der VHS-Rüdesheim. Die Kursleiterin, Frau Takahara, hat Ihre Teilnahme am Tatabend bestätigt und lässt Sie schön grüßen."

Judith war erleichtert, obwohl sie nichts zu befürchten hatte.

Kellers Augen wanderten weiter zu ihrem Mann Frank.

"Wir haben eine E-Mail vom "Badener Hof" erhalten. Darin bestätigt der Inhaber, ein Rainer Noll, dass Sie mehrere Tage dort gewohnt haben und am frühen Morgen des 24. nach dem Frühstück abgereist sind".

Frank atmete erleichtert und für alle Anwesenden unüberhörbar aus.

"Hat hier irgendjemand etwas anderes behauptet, wollen Sie mir unterstellen ich würde lügen? Das habe ich doch nicht nötig!" schaltete er sofort wieder auf Angriff um.

Da sich Judith und Frank in den letzten Jahren immer mehr von einander entfernt hatten, sprachen sie oft nicht ein Mal das Nötigste miteinander.

"So so, in Freiburg war er angeblich gewesen", dachte sie.

Dass er Mal wieder unterwegs in Deutschland war, das war ihr bekannt. Wo sich ihr Mann aufhielt erfuhr Judith nur selten.

116

"Badener Hof"? Auch der Name Rainer Noll kam ihr merkwürdig bekannt vor…

"Dann bleiben nur noch Sie übrig", der Polizist hatte Michael ins Visier genommen.

"Bei Ihnen hatten wir den geringsten Aufwand. Nord wurde heute Morgen auf der Internetseite des Lahn-Echos fündig. Der Altstadtverein und sein Wintervergnügen scheinen einen sehr hohen Stellenwert in Biedenkopf zu haben."

"Davon können Sie ausgehen", verteidigte Michael seinen Wohnort.

"Ihr Beitrag zu der Veranstaltung vom 23.12. hat es sogar auszugsweise auf die Homepage ihrer Zeitung geschafft", gratulierte Keller.

"Vom stellvertretenden Leiter der Lokalredaktion wurde mir bestätigt, dass Sie sich den kompletten Abend über in der Stadthalle aufgehalten haben".

Anna Neumann wurde am 02.01. auf dem Friedhof in Frankenberg neben ihrem Mann beigesetzt.

Die Trauergemeinde war sehr klein, sie bestand lediglich aus "ihren drei Jungs", Judith, Helmut Jäger, Schwester Sabine, einer alten Schulkameradin und deren Tochter, zwei ehemaligen Kollegen ihres verstorbenen Mannes, sowie einer früheren Nachbarin.

Nord und Keller standen auf einer Anhöhe und beobachteten das Szenario. Sie befanden sich in einer äußerst unbefriedigenden Situation.

Die drei Neffen der Verstorbenen waren die heißesten Kandidaten für den Mord an ihrer Tante, schließlich gab es einiges zu erben. Doch Frank, Michael und Gerd schienen aus dem Schneider zu sein.

Die Befragung von Schwester Sabine hatte ebenfalls keine neuen Erkenntnisse gebracht, auch sie konnte mit einem Alibi dienen.

Kommissar Keller und sein Assistent Nord waren mit ihrem Latein am Ende, die Situation trieb sie schier zur Weißglut, sie hatten sonst eine Aufklärungsquote von 90% vorzuweisen.

Im Frühjahr des Jahres wurden die Ermittlungen im Fall Neumann eingestellt und der Fall ungelöst abgeschlossen.

Gerd, Michael und Frank wurden zu den rechtmäßigen Erben erklärt und erhielten zu gleichen Teilen je ein Drittel des Hauses, sowie des unbebauten Stadtgrundsstücks und ein Drittel des Vermögens von Anna Neumann zugesprochen.

24.7. ++ 18:04 Uhr ++ Frankenberg/Eder ++

Polizeistation Breslauer Straße

Ein langer Sommerarbeitstag ohne besondere Vorkommnisse ging zu Ende.

Das Telefon auf Kellers Schreibtisch klingelte.

"Thomas geht du mal ran", rief Kommissar Keller vom anderen Ende des Raumes.

"Nord", sagt er zackig in den Hörer.

Keine Reaktion am anderen Ende der Leitung.

"Hallo! Wer ist denn da?", fragte er nach.

Erneut eine kurze Pause, dann doch eine Antwort auf die gestellte Frage.

"Ist Kommissar Keller zu sprechen?", wollte eine Frau wissen, das war nun unschwer zu erkennen.

"Einen Moment", antwortet Nord.

"Bernd, ist für dich. Eine Frau ohne Namen!"

"Was denn? Ach, ich komme. Gib her!", der Kommissar setzte sich in Bewegung.

"Keller", meldete er sich.

"Heute hätte sie Geburtstag gehabt", begann die rätselhafte Frau.

"Wer hätte heute Geburtstag gehabt? Mit wem spreche ich überhaupt?"

"Anna Neumann wäre heute 88 geworden".

"Thomas, hol mal schnell den Fall Neumann", flüsterte er seinem Assistenten zu und drückte sich dabei den Telefonhörer ungeschickt gegen die Brust.

Nord flitzte sofort ins Archiv.

Kommissar Keller hatte diesen Fall, den er und sein Kollege im vergangenen Winter nicht abschließen konnten, schon fast verdrängt. Plötzlich war alles wieder präsent. Er sprach mit Judith Tripp, der Frau von Frank, einem der Neffen von Anna Neumann.

"Sind Sie es? Sind Sie Judith Tripp?"

"Ja...", sie holte tief Luft, nahm ihre ganze Kraft und all ihren Mut zusammen.

Nord stürmte ins Büro. Tatsächlich, am 24.7. hatte Anna Neumann das Licht der Welt erblickt.

"Ich kann nicht mehr. Ich hatte schon länger eine gewisse Vorahnung. Frank war zur Tatzeit bestimmt nicht im Hotel "Badener Hof" in Freiburg. Der Inhaber ist ein ehemaliger Schulkamerad meines Mannes, der bestätigt ihm doch alles, auch einen Hotelaufenthalt, den es nie gab!"

Judith holte kaum Luft, jetzt musste alles raus.

"Der Name Rainer Naumann kam mir doch gleich so bekannt vor! Außerdem habe ich unser ganzes Haus auf den Kopf gestellt. Bis zum letzten Winter hatte Frank einen braunen Wollschal... der ist wie vom Erdboden verschluckt. Frank meint, er hätte ihn sicher irgendwo liegen gelassen... wem will er das denn erzählen?"

Sie endete abrupt.

"Frau Tripp?"

Sie hatte sich alles von der Seele geredet und dann aufgelegt.

Noch am selben Abend wurde Frank Tripp wegen des
Verdachts seine Tante Anna Neumann erstickt zu haben,
festgenommen.

Ein ähnliches Schicksal ereilte Rainer Noll, wegen Beihil-
fe zum Mord.

Tanja Schwarz

geboren 1978 in Frankenberg/Eder. Die Mutter zweier Söhne arbeitet als Erzieherin in der Waldgruppe einer Kindertagesstätte.

Nach dem Schreiben und Spielen mehrerer Theaterstücke für ihre Kirchengemeinde und der Veröffentlichung einiger ihrer Geschichten auf dem Frankenberger Hör-Adventskalender, ist dies ihr erstes Buch.

Tanja.schwarz19@t-online.de

Joachim Hesse

Jahrgang 1979 aus Frankenberg/Eder. Vater einer Tochter und eines Sohnes.

Pflegeberater bei einer Krankenkasse.

Autor der Bücher "Kleinstadtkrach" und der "Fußballfahrten"-Reihe, sowie verschiedener Kurz-Krimis der "Lahn-Leichen". Beim Frankenberger Hör-Adventskalender wurden seine Geschichten ebenfalls von Radiomoderatoren vertont.

johesse@gmx.de

Titel-Foto:

Irmtraud Hesse

Autorenfoto, Tanja Schwarz:

Birgit Trompell

Autorenfoto, Joachim Hesse:

Andy Scheuermann

Textbearbeitung:

Anne Walenzik und Joachim Hesse

MIX
Papier aus verantwortungsvollen Quellen
Paper from responsible sources
FSC® C105338

FSC
www.fsc.org